後臺灣文學

周慶華◎著

序

　　有朋友問我：「做學術研究就一定要跟人家爭辯或批判人家嗎？」這倒讓我很費心的要去想有那一種學術研究是不用跟人家爭辯或批判人家的？想來想去還真想不出有這種學術研究。所以我給的答案是：「除非不幹這種事，不然都要裝備自己在學術殿堂上跟人家比劃較量。」朋友思索了一回，又說：「這有什麼意義？」是啊，這又有什麼意義？我一時間茫然了。在過去我可以用權力意志和文化理想等理由來支持自己的抉擇，現在卻像一個在暗夜裡急著找燈的人那樣的窮渴望。「宿命吧！」我黯然地應著，「一旦走上學術這條路，就註定要當個過河卒子！」朋友不說話了，彷彿這個世界突然添了許多不該有的背負，都是像我這種「沒事找事幹」的人所強加給它的。

　　想想出版了二十幾本學術書，每一本都像個磚塊立在強勁的風口，徒讓過往的人繞道行走，卻不知道是否改變了世界的面貌。「我有『後學』三書哦！」最近又為有新的藉口而兀自昂奮了一陣子。每逢人問起我又在「幹什麼」時，我就抬出已經出版的《後宗教學》以及正在出版的《後佛學》和《後臺灣文學》回應。「哦！」問的人多半這樣從鼻孔發出一聲後就不再搭話。我本來想為這後學三書多作點解釋，卻因為對方滿臉的狐疑和困惑而作罷。「你為什麼不用『新』而用『後』？」總算有出版界的朋友注意到書名本身可以製造話題而跟我抬槓了起來。「哈，就像『新布鞋』、『新女性主義』、『新臺灣人』等等一樣，都會

變『舊』，不如用『後』來得有新意。」我興頭一起不免多耍了一點花腔。其實，我想說的是後學是「後結構主義」、「後殖民主義」、「後設哲學」等等融合後的進一步發展，它主要是不滿於「前學」而後發的。但看著對方無心再對談下去，我也只好收斂而試著另起別的話題。

　　「你是說臺灣文學嗎？」這是一位久未碰面的朋友在電話的那一端傳來的驚訝聲。「臺灣有文學嗎？」衝著他這句話，我差點像本土派的人士那樣扳起臉孔來教訓他一頓：「你這沙豬！臺灣沒有文學，那裡才有文學！」哎呀，人家只不過是閑聊而問起我的近況，何必要發脾氣？「是啊，目前臺灣是沒有文學的；但如果照我書裡所提示的途徑去創作，將來一定會有文學的。」我終於按捺住心中的一股莫名火而說出了「重點」。「真的嗎？」他嘖嘖的假惺惺起來，「那你能不能率先做做看？」我就知道這傢伙不是省油的燈，一下子就來個回馬槍。「如果我知道具體要怎麼做，我早就去做了。」我慢條斯理的答著。「那不就結了嗎？」對方好像抓到別人的辮子那樣的亢奮著，「既然你自己都還做不來，又怎麼保證那是一條可以通行無礙的路？」聽著他咄咄逼人的語氣，我很想掛掉電話；但如果這樣就豎白旗投降，不等於書都白寫了嗎？「我負責探尋前路。」我說，「只要大家肯認同而一起來披荊斬棘，臺灣文學就會有『生機』。」談到這裡，電話那頭的朋友已經意興闌珊了。他淡淡的拋下一句話：「你肯定那是要『披荊斬棘』？」「是的，一點也沒錯。」我也得在快要語無倫次前掛了電話。

經過這一番折騰，我的後學三書是不是更緊密的連成一氣而可以成為大家認知的對象？我在心裡這樣自問著。「文學和宗教，宗教和科技，科技和文學，文學和未來，未來和人類前途，人類前途和我的書------」驀地有一道濃濁的聲音從我的背後響起，「它們統統都要有關係，也可以不要有關係！」什麼！那是誰說的？那不是我書裡說的嗎？「請你再說一遍，我沒有聽清楚什麼關係不關係的。」「不必了，你已經頭昏了，自己說過的話都忘記了，不跟你瞎扯了，不要跟你瞎扯了------」噢，原來我是在做夢，而做夢居然也可以這麼真實。

還是說說《後臺灣文學》這本書吧！它是「旅行」了一段時日後才到秀威資訊科技公司這裡的；而對於秀威資訊科技公司的慨允出版，我除了感謝還是感謝！眼看當今學術書依然無法擺脫「票房毒藥」的命運，而這個社會浮華躁動的積習也仍舊不改，以至要想像這本書未來所會獲得的回響，也就比登天還難了。不過，既然有「有心人」要以無版印刷這種最新且節約資源的方式來出這本書，多少還是可以成就一件美事而值得讀者一併來雅為賞鑑了。

周慶華

目　次

第一章　緒論

一、尋求國籍的臺灣文學

　　文學被冠上「臺灣」這個限制詞而變成「臺灣文學」後，跟含有特定意識形態類型的如馬克思主義文學、女性主義文學、後殖民主義文學等或含有特定題材類型的如愛情文學、科幻文學、政治文學等或含有特定技巧類型的如寫實主義文學、超現實主義文學、魔幻寫實主義文學等或含有特定風格類型的如悲劇文學、荒誕派文學、後現代派文學等明顯不同。後者可以以「一義」稱名；前者卻因為「臺灣」一詞歧義未定而影響到它的位格性。換句話說，歷來凡是給文學加上限制詞的，都是基於文學有必須加以限定的內在因素（如上面所說的意識形態、題材、技巧、風格等差異），而現在所冠上的「臺灣」卻是一個外範的地理概念；而由這個地理概念能不能或可不可以轉為審美概念，就成了一個爭議點。

　　雖然文學可以任由人界定（而造成古來有關文學的定義紛繁多姿），但有關它是一個可為審美對象的「語言藝術」身分卻難以割捨（否則就不要強調它跟哲學、科學等等的差別）；以至把它定位在「針對某些對象進行敘事、抒情，而將所要表達的情思曲為表達（以比喻、象徵等手法來造成有如藝術品那樣將素材予以額外加工美化的效果）」的層次，也就有它在指認既有的案例和規模未來的案例上的便利性（參見周慶華，1999a；2001a）。

換句話說，當今可見的前現代文學所隱含的模象觀、現代文學所隱含的造象觀和後現代文學所隱含的語言遊戲觀等（參見周慶華，2002a），都可以讓它環繞著上述這個定義而得著有效的說明（也就是模象本身所要模擬、反映的是「現存事實」這種對象；造象本身所要創造、構設的是「理想情境」這種對象；語言遊戲本身所要戲仿、解構的是「現存事實」或「理想情境」一類對象）；而現在正在流行的網路文學以及未來可能出現的新的文學類型，也都可以依據上述這個定義而給予相當程度的安置（其中網路文學的超文本現象，是後現代的語言遊戲觀的「進一步」發展；而未來可能出現的新的文學類型，只要它還叫做「文學」，就能夠比照前面的情況而加以解釋）。在這種情況下，為文學冠上「臺灣」這個限制詞所要成就的是一種有別於非臺灣文學的文學類型；問題是「臺灣」究竟有什麼內涵可以將文學提升到能「自成一格」的地步？這就不是一件容易善了的事了。

以現有的論述來看，有些人要把臺灣文學限定在蘊涵有「臺灣意識」或「反帝、反封建、反強權等表現」的範圍（詳見葉石濤，1987；彭瑞金，1991a；江寶釵等編，1996），這樣臺灣文學就成了抗議文學或反動文學；但它所抗議或所反動的只是外來的政權以及海峽對岸的統戰威脅，卻無法一舉廓清西方強權挾著政治、經濟、文化的優勢對臺灣的支配以及難以區別於一些第三世界國家所共有的被「殖民」命運下的文學表現，以至說臺灣文學的自主性都還嫌太早。那麼換另一些主張「語言至上論」的人的說法又如何？也不行！他們所提出的以「臺語文學」作為臺灣文

學的標記（詳見洪惟仁，1995；林央敏，1996），不但解決不了跟國內外現有文學競爭乏力的問題，還會引發更嚴重的自我分裂和敵視排外的紛爭（詳見周慶華，1997a；林文寶等，2001）。這麼一來，「臺灣」一詞想由地理概念轉為審美概念的企圖也就落空了。剩下來的，就是徒有一番憤激和蒼白的熱情以及外界疑惑相對的眼光。

本來強調臺灣文學，是要為此地的文學尋求國籍的；但凡是主張臺灣文學的人，不是不採用它的政治地理意涵，就是妄想以語言來粉飾它的實質匱乏，到頭來臺灣文學還是一個沒有國籍的幽靈！雖然於理「臺灣文學作為一種地域性文學，是毋庸置疑的；就像新加坡文學、日本文學、印度文學、法國文學、美國文學一樣，只要經由集體的宣稱或認同，就具有合法性」（周慶華，2000a：13），但在臺灣島內還不盡人人能肯定臺灣文學是一種「國家性」（地域性）的文學之前，臺灣文學未來的道路仍會是榛莽滿塞！

二、臺灣文學中的作家與作品的命運

就在臺灣文學還有待繼續努力尋求國籍的當下，臺灣文學中的作家及其作品的命運也「一波三折」地過來了。首先是1949年以後隨國民黨政府來臺的一些外省籍的作家（如紀弦、余光中、洛夫、朱西寧、白先勇、司馬中原、於梨華、歐陽子、叢甦等）及其作品和外省籍第二代的作家（如張大春、朱天文、朱天心等）及其作品被臺灣本土派的人士（就是主張臺灣文學得有臺灣

意識或反帝、反封建、反強權等表現的那些人）排除在臺灣文學作家和臺灣文學作品的範圍之外，但他們（回）到了中國大陸卻又不被認同而依然把他們和他們的作品視為臺灣文學作家和臺灣文學作品（參見林燿德主編，1993：212），這使得這些居住在臺灣或後來有的移民海外的外省籍的作家一時間失去了「歸屬」。結果是這些外省籍的作家並未因此而改定志向，大多仍舊照寫他們的「文學」（而不是「臺灣文學」）。至於中國大陸學者所指稱的臺灣文學僅為中國文學的一部分而沒有什麼獨立性（詳見白少帆等編，1987；劉登翰等編，1991；黃重添等，1991；王晉民，1994），則又徒增此地作家的厭惡，也讓此地一些力主臺灣文學隸屬於漢語文學或大中國文學（而不是中共政權所統轄的中國文學）的學者急於跟他們劃清界線（詳見馬森，1993；呂正惠，1992）。

　　其次是一些原住民作家有感於從日據時代以來深受日本人和漢人的雙重宰制而雅不願被歸入由本土派人士所欽定的「臺灣文學」行列；而少數外省籍作家因為有以臺灣為背景寫成的作品卻受到本土派人士的青睞而將他們納進「臺灣文學」的範圍。所謂「原住民文學超越了臺灣作家統、獨意識形態的差異，已經構成臺灣文學重要的部分。但有些原住民作家不願意被視為臺灣文學的一部分，他們的見解也應該獲得尊重。至於外省族群作家，如劉大任以六〇年代臺灣社會複雜的思想動向為背景的長篇《浮游群落》等小說，向來都獲得臺灣作家的尊重和肯定；不管劉大任居住在那兒，他以臺灣經驗寫成的小說應該屬於臺灣文學，絲毫

不因出身族群的不同而有所不同」（岡崎郁子，1996：葉石濤序5），把這段話連到本土派人士對大多數外省籍作家的「排斥」來看，就不啻成了一種怪異的現象。原來真正純受委屈的是原住民（而不是這些宣稱被外省籍族群佔盡優勢的本省籍漢人）啊！而這樣「拉攏」外人（就是上述那類外省籍的作家）以壯大自己聲勢的結果，就是造成內部更大的分裂（本來只是本省籍作家和外省籍作家的對立，現在連外省籍作家也要面臨「挑撥離間」而忙於選邊站了）。雖然如此，原住民並未堅持一貫的骨氣和抗議的精神，他們所依賴的中文寫作（詳見田雅各，1987；莫那能，1989；孫大川，1991；瓦歷斯・諾幹，1992；夏曼・藍波安，1997）以及藉由不斷參加漢人所舉辦的文學獎來「發聲」等現象，都顯示了他們的命運還是操縱在「別人」的手裡！至於轉投向「臺灣文學」陣營的外省籍的作家們，由於外省籍的身分標記還在，倘若稍有閃失（比如立場不穩或變性不力），那麼難免就要變成常聽到的寓言故事中那隻不受天上的鳥和地上的獸歡迎的蝙蝠。

再次是臺灣文學所以強調它是「臺灣」的文學，在相當程度上是要面向世界文壇的（就是去接受世界文壇的考驗，以為確立標榜「臺灣」品牌的必要性）；只是同樣為西方人所「壟斷」的世界文壇，並不在意臺灣文學的存在（甚至連其他的東方文學也沒看在他們的眼裡）。如同西方人自己所承認的「西方人很少有欣賞東方文學的，中國和日本的詩人在西方的讀者也為數不多」〔寒哲（L.J. Hammond），2001：43〕；以至再如何的抬出

臺灣意識，依然是枉費力氣。二〇世紀八、九〇年代，此地有些作家的作品如李昂的女性主義小說、羅青的後現代詩、朱天文的同志小說等，曾在世界文壇「小」暴得文名（而被翻譯成多國語文），似乎在此地生產的文學就要出頭天了。但也不然，西方人所以看重這些作品，只緣於好奇女性主義、後現代主義、同志議題這些西方人的玩意兒到了臺灣究竟變成什麼樣子，聊以滿足原有的窺伺慾；它就好比1989年「侯孝賢執導的《悲情城市》電影首次突破不批判政治的禁忌，立刻引起歐美影評界的騷動，最後贏得威尼斯影展的首獎，讓西方人士開了『臺灣也有一段不人道歷史』的眼界。這說來也沒有什麼好光榮的！外界永遠是從有利於他們的立場在看事物；什麼臺灣意識、臺灣語文，統統跟他們扯不上關係」（周慶華，2000a：13～14）。因此，可以說臺灣至今仍端不出足以讓西方人刮目相看的文學作品，有關臺灣文學的「前景」還頗為暗淡！

從上述臺灣文學作家及其作品命運的一波三折情況來看，如果長此以往而不思改善，那麼大家只會自我抵銷力量或懶怠於突破現狀而無法調整步伐重新出發（有些不認同有特定意涵的臺灣文學的作家，就不可能被收編而坐下來「共商大計」）；更何況還有一些「設門拒敵」或「突襲降服」的表現，只能平添內部緊張蕭殺的氣氛而根本無助於自己在世界文壇上揚眉吐氣呢！

三、意識形態化與去意識形態化的糾葛

綜觀臺灣文學內部的種種「盲視」和「紛爭」，說穿了就是

本事不夠以及權益衝突所致。由於本事不夠，所以無從想得清、看得遠；而由於權益衝突，所以彼此互不相容、憤恨以對！又因為權益衝突日益白熱化，以至影響到本事更難以提升（大家都耽於爭鬥而不思前進的緣故）。換句話說，臺灣文學至今還在原地踏步，都是因為大家「見小遺大」和「徒事爭權」的結果。

這樣說，可能會讓一些力主臺灣文學已經走出一條新路的本土派人士大感不平。但大家只要仔細想想這一路走來的種種困頓、倒退的情狀，就知道上面「所言不假」。如果把臺灣文學的倡議追溯到日據時代（參見葉石濤編譯，1996），而把臺灣文學的特殊化或意識形態化定位在1977年鄉土文學論戰以後（參見尉天驄編，1978），那麼我們就會發現這一波文學思潮所要對比（對治）的是皇民文學和中國文學，而它所能為自己劃定的勢力範圍僅止於具有臺灣意識及其實踐下的文學作品。問題是臺灣一地在二〇世紀六〇年代以後和八〇年代以後分別引進西方的現代派文學和後現代派文學，整個創作方向儼然就要跟西方「同步」了；而本土派人士卻要把它拉回前現代的社會寫實主義時期去醞釀發揮所謂的臺灣意識（參見周慶華，1997a：95～108）。這一「耽誤」，不但連西方的兩大時期的文學思潮（指現代派和後現代派）都無法好好的去深入了解，還鬆懈了超越這兩大時期的文學思潮的「自我防衛」或「勉為突進」的機制；導致整體上「跟進無力」以及在某些觀念上「倒退如流」的窘況，如今還形塑不出什麼獨特的面目可以進駐世界文壇。

話說回來，就在臺灣文學的臺灣意識化的呼聲如火如荼的

在國內竄起的那一、二〇年間，原有大中國派的人士出來勸諫本土派人士「不要過激」（詳見呂正惠，1992；文訊雜誌社編，1996a），也有文學純化主義者在一旁呼籲大家擱置統獨情結而追求足以讓外人「嘆賞」的創新性文學（詳見尹章義，1990）；但這些都起不了什麼「針砭」或「導正走向」的作用，有的只是引發本土派人士更激烈的反擊（詳見彭瑞金，1995）以及讓語言至上論者「有機可乘」順勢的推出臺語文學來深化紛爭（參見周慶華，1997a：47～49）。這種情況，表面上起於意識形態的對立，好比當代一些言說理論家所說的「一切言說都是意識形態的實踐。而這種實踐的方式，會隨著言說在它裡頭成形的各種制度設施和社會實踐的不同而有所不同，也會隨著那些言說者的立場和那些接受者的立場的不同而有所不同。因此，大家可以透過跟言說相關的制度設施、透過言說所出發的立場和為言說者所選定的立場來確認言說的『意義』」〔撮自麥克唐納（D.Macdonell），1990：11～13〕；實際上則是權益衝突無法化解所造成的後果：一方面本土派人士所肯定的臺灣文學向來受到國家意識形態機器的打壓，自然會有所反彈；一方面反支配的人都想成為新的支配者，這一權力循環的鐵則永遠不會失去它的效應，以至最後沒有一個人甘願妥協或自卸武裝。

正因為大家都想要權益而不肯退讓，所以只好讓意識形態打前鋒（不然沒有更好的武器）；而一些反意識形態的人也忘了自己所抱持的是不同的意識形態（包括文學純化主義這種意識形態），結果就是眼前這類意識形態化和去意識形態化的多重糾葛

不斷地上演。也由於大家太過於在意相關意識形態的爭執（骨子裡則是要爭取發言權或護衛既得利益），以至無形中也自我弱化了應有的反思能力。比如說，大家各自所要擁抱的臺灣文學，到底又驗證了那一種「臺灣」意涵？從來就沒有人能夠「說清楚，講明白」。我們知道，以「政治」來說，固然由早期的威權政治逐漸走向晚期的民主政治，展現出臺灣一地政治改革的豐碩成果，但在整個過程中大家所抱持的政治立場並不一致；有的以中國一統的格局來規劃政策，有的以臺灣獨立建國的理想介入政爭行列，有的以兼取綜攝的作法試圖搶佔言論市場（詳見黃國昌，1995；張茂桂等，1994），如果臺灣文學能反映政治現實的話，那麼它所反映的到底是那一種政治現實才算數？又以「經濟」來說，臺灣幾十年來經濟發展的背後或底層所具有的結構因素，究竟是市場體制和經建計劃的效果，還是「俗化的儒家倫理」的影響，或是依賴工業先進資本主義國家而倖存？似乎都有可能，又似乎都不盡可能（參見張家銘，1987：169～189）。那麼臺灣文學又體現了那一種經濟狀況才真切？又以「民族文化」來說，當今聚集在臺灣的有原住民、閩南人、客家人和新住民（外省人），而文化也可以區分出終極信仰、觀念系統、規範系統、表現系統和行動系統等（參見沈清松，1986；周慶華，1997b），倘若臺灣文學能反映民族文化的特色和表現對民族文化的情感，那麼它所反映的是那一種民族文化、它所表現的又是什麼樣的情感才有益？而聯結上述政治、經濟和民族文化成臺灣社會的集合體時，臺灣文學所被特許來反映社會現實和表現對社會現實的情

感,就更難以定奪了(參見周慶華,1997a:12～13)。試問在這種「混沌不明」的狀態下,大家怎麼可能從中剪裁鎔鑄而想出新的花招去世界文壇「炫人耳目」?再說此地還有很多人根本不管臺灣還處在缺乏國際法定地位以及外界強權(如美國、中共)壓迫等困境中而徒為虛擲籲求「臺灣渾成」的力氣呢!因此,臺灣文學可以說就在大家欠缺「展望」能力的情況下蹉跎荒怠至今了。

四、網路文學興起與臺灣文學的前途問題

依照目前實作的「進度」,臺灣文學是不可能有特殊的面貌留給人品評的;不要說那些含有所謂臺灣意識的社會寫實主義作品早就「復辟」無望,就連曇花一現的現代主義和後現代主義作品也已快速的走入歷史(而不再刺激此地文學的創新風潮)(有關它們的「遺跡」,可參見孟樊,1995;瘂弦主編,1992)。因此,要說我們有泛泛的文學作品遠比要說我們有獨特的臺灣文學作品容易。這樣如果再有人抬出「臺灣文學」的旗幟疾呼重視它的「俱在性」,那麼就如同疲乏的彈簧在未塌陷前掙扎的發出一、二聲空洞的回音,終究無力喚醒多數已經「麻木」的聽覺神經。

有人還發現到此地在對外方面光一個「搶灘」世界文壇的表現都有涸竭的趨勢(也就是連這種可以附帶把臺灣文學推進到世界文壇的作為都延遲了下來)。所謂「海外華人直接以居住地的語文從事文字創作,其實早已其來有自……而到了近年,由於

華人移民的階級性高，在居住地所受的教育程度和社會位階也相對升級，無論華裔或第一代移民，能夠直接以居住地語文創作者日多；尤其是1990年代西方的族裔平等及多元主義日盛，華裔及華人以居住地語文從事創作的被接受度增加，因而人才輩出……其中頗具知名度者，就有出身香港、留學牛津而以英語創作，其《酸甜》一書進入英國布克獎決選名單的毛翔青；而在美國方面，除了人們熟知的譚恩美、湯亭亭、包柏漪、黃哲倫等，近年來有以短篇小說取勝而連續多次進入《美國年度短篇小說選》的薩蔓莎‧張，在聖地牙哥大學執教而以詩聞名的陳梅玲，在美國詩壇甚為活躍而曾獲『拉蒙特詩獎』的黎里洋；至於在加拿大方面，則有以性別書寫聞名，在許多多元文化文學選集經常露面的伊芙琳‧劉等。另外，還有值得注意的，乃是馬來西亞和新加坡由於英文寫作熟練，在許多區域文學選集裡經常可見，如王惠南、林久琳、李子芬等。而這種情況，到了最近已格外加速。根據《紐約時報》報導，單單出身香港而以英文寫作者，至少已有半打以上的新人出現，如徐西、艾利克‧郭等。而特別值得注意的，乃是自從1980年代大陸開放改革後，二〇年間已先後有四〇萬留學生出國，他們艱苦奮鬥，在居留地以當地語文從事文學創作者日多，除了哈金在美獲獎，其他還有以英文寫作嶄露頭角的王安妮（王薇），在法國以法文創作而獲多項文學獎及龔古爾獎的山楓等。目前已可預料，出身於中國大陸的第一代移民，在可見的未來，必將成為以居住地語文從事文學創作的華人主力。但非常值得注意的，乃是在華人移民以居住地語文從事創作者，幾

乎每個華人社會都極為踴躍,但我們卻硬是看不到任何一個人是出身於臺灣的第一代移民或華裔」(南方朔,2002),這豈止是一個「懈怠」的問題,先前屢次信誓旦旦要把臺灣文學廣為傳揚的宣稱也都成了一齣齣的荒誕劇。

其實,還有比這更糟的事;也就是一個由西方強權所主導的數位時代來臨了。在這個依賴著電腦而相關軟硬體的研發、生產和流通等幾乎都由西方先進國家所操控的數位社會,我們一邊得疲於奔命的追趕西方人所倡議的經濟、文化全球化的腳步,一邊又得在華人圈中防止「自相殘殺」和「被離間得逞」的危機發生。這雙重困局,已經不是過去那種關起門來搞「自我冠冕」而難免貽笑他人的情況所能比擬,它的被強力支配、甚至從此不再有自家面目的慘淡下場顯然就要成了所有臺灣人的宿命及其可以預見的結局。因為這種新的知識經濟體制是以西方人所擅長的科技和支配意識為前提的(前者為模仿西方人所信仰的上帝的風采;後者則為媲美西方人所信仰的上帝對受造者的操縱。參見周慶華,2001b);而他們極力發展電腦除了可以在世上常保「領先」優勢,還可以藉它來滿足在塵世創立上帝國的想望。所謂「早期基督徒設想的天國,是『靈魂』完全擺脫肉體弱點困擾的地方。現今的網路族傲然聲稱,在這一『(數位)世界』裡,我們將豁免生理形體帶來的一切侷限和尷尬」〔魏特罕(M.Wertheim),2000:2〕,這就不是非一神教信徒所能想像和體會的。而非一神教信徒「盲目」的跟從西方人那套知識經濟體制的運作,最後頂多也不過像日本人那樣「差一級次」的表

現，其餘都只能充當人家的「中下游工廠」和淪為被動的「消費者」。現實情況是這樣，非西方社會的文學人又能做什麼？我們看到一種由西方文學人所帶動的網路文學也跟著興起了，它以泯除性別、階級、族群、國家的界線為號召而吸引無數文學愛好者不自覺的投入網路這個由西方人所規劃好的世界（所有軟體的開發和硬體的設計以及相關的維修服務等都得仰賴西方人）；臺灣一地的文學人自然也不例外的正在「莽闖」這張特大的網羅。這麼一來，臺灣文學原有的反支配精神以及為尋求自主性的努力，在面對網路這一「跨界」的新情境就再也難以獨撐了。

　　現在的臺灣的文學人所熱衷的網路文學，有的只能運用網路這一新媒體而將文學作品數位化處理以廣為傳播；有的還能兼利用網路和電腦所有的媒體特質創作數位化作品以達多元的互動效果。前者在網路發表後還可以轉由平面媒體出版；但因為缺乏創意且沒有了守門人的管控，品質大多低劣不堪（參見孟樊，2002），連編選年度文學選集的人都要慨嘆沒有一篇拿得上臺盤（詳見袁瓊瓊編，2003：序7～8）；後者雖然有不少人嘗試在經營發展（如曹志漣、姚大鈞、蘇紹連、白靈、向陽、須文蔚、大蒙、吳明益、楊璐安等），卻也只能在超鏈結和讀者互動等形式層面動腦筋，實際上並未能進而改造「文學」的觀念。因此，整體說來，臺灣的文學人進入數位時代除了逐漸淡忘「臺灣」的存在，還緊拾西方科技的餘沫在從事著不知「伊於胡底」的創作志業，臺灣文學的前途更在「未定之天」。

五、邁向一種新民族文學的途徑

　　換個角度看，數位時代的來臨所加深的不平等（包括生產規模、生產技術、資訊基礎建設和資源享用等等的不平等）會更難以補救，而它的負面影響（如劣質資訊對青少年的潛在危害、網路社會的數位鴻溝、嗜網成癮的隱藏性威脅、網路謠言擴散、互聯網反過來控制人類的話語權等等）也會日益嚴重；但大多數人所想到的卻是「追趕」、「調適」那一套西方人所期待的策略（詳見鮑宗豪主編，2001；黃少華等，2002；翟本瑞，2002；林信華，2003），根本改變不了既成的支配／被支配格局以及西方先進國家的政治、經濟、文化擴張所帶來的國際衝突、資源枯竭、環境惡化、疾病流行等一連串浩劫的發生。以至所謂的追趕、調適說，也只是盲目跟著西方人同蹈「不歸路」的飾詞而已，幾乎看不出來會有什麼「美好」的前景。

　　臺灣的文學人所要遁入的網路空間，究竟能開發出什麼文學的新采邑已經很不樂觀，更何況還有上述的危機等著去面對呢！因此，在跨過一個從尋求國籍到國籍徹底失落的雙重坎陷後，臺灣文學如果還有需要「獨標新學」的話，那麼它勢必得「重頭來過」。這條道路，我稱它為「新民族文學」的取向。也就是說，不論臺灣是一個怎樣多民族或多族群的國家，也不論臺灣的政治、經濟、文化是什麼類型，它在面對國際環境時，都得以「高度成就」的姿態出現，才能贏得尊嚴和正面的聲譽；而文學的表現也不例外。這就涉及一個自我認同和智慧創發的問題：現在臺灣內部還處在分裂的國族認同階段，這自有內在的權力糾葛和外

在的政治干預；解決不了這些內在的權力糾葛和外在的政治干
預，臺灣就不可能有單一的國族認同。然而，我們要的自我認
同，卻不是指這個（既然「吵嚷」了幾十年都無法形成單一的國
族認同，現在再怎麼提倡呼籲還是會白費心力），而是指認同未
來而創造一個新民族（詳見第十章）。這是參考近代興起的新的
政治體「國家」而擬議的：近代興起的新的政治體「國家」，它
在地圖上是標畫出來的位置，在國際集會中是人格化了的主權政
府。而它的存在，首先必須是國民肯同意他們自己是聯合一統的
團體；但以一群人集合在一起為國家的定義，卻頗為令人困惑。
如東歐國家被不同的激情族裔忠忱分裂，使人不得不感慨：將一
群人團結成一個國家的潛在力量究竟是什麼！這對於任何一個新
興的國家來說，是關係重大的問題。因為別的國家視為當然的民
族情操，新興的國家卻得自行創造出來；而別的國家的人可以從
先人繼承的東西，新興的國家的人必須自創，也就是（自創）團
結意義、一整套國家象徵物和活躍起來的政治熱情。以至不是國
家造就了歷史，而是歷史造就了國家〔參見艾坡比（J.Appleby）
等，1996：84～116〕。臺灣想要走出自己的一條路，應該也得比
照這種情況來思維。換句話說，如果大家再像過去那樣躑躅於一
些「無謂的爭議」或「偏狹的認同」的衚衕裡，只會白白錯過改
造臺灣文學命運的機會。倒不如一起來為臺灣文學尋找出路，締
造一個有高度成就的「新民族」的文學遠景。

　雖然如此，這個新民族的文學是要積極去創發的（而不是
已經有「成例」可以沿用）。如果像本土派人士那樣所看中的僅

限於本土作家或寫實性的作品，那麼這不是刻意的「排外」，就是帶有追趕不及而不願接納非寫實性作品（如現代派、後現代派的作品）的「忸怩心理」，終究無法將臺灣文學「有力」的推向世界文壇；反過來說，如果要再進一步的「飛躍」，那麼一味追隨西方現代派、後現代派又嫌「沒有長進」，依然不辨臺灣文學的獨特面貌。因此，有關臺灣未來的新民族文學就得另啟智慧，重新構設。它是要以殊異的「類型」來博得世人的讚賞，而可以媲美西方從近代以來所形塑的一些諸如象徵主義、未來主義、表現主義、存在主義、超現實主義、魔幻寫實主義、現代主義（以上統稱為現代派）、解構主義、女性主義、後殖民主義、後現代主義（以上統稱為後現代派）等高踞世界文壇而「接連」獨領風騷的創作類型。此外，恐怕再也沒有別的途徑可以讓人「長驅直入」了。

六、所謂「後臺灣文學」的宣言

即使是這樣，這條邁向世界文學「桂冠」的道路，也還難見蹤影，臺灣文學必須進入「後」學階段等待衝刺。這個「後」學，自然不是純西方式的後現代一類學問（包括後殖民這種仍屬依附性的「還局部在地本色」的論述）。純西方式的「後」學固然也有它的反思性，就「像黑格爾所說的夜鶯，在夜幕低垂時才出來唱歌。在一個時代行將結束，另一個新的時代行將來臨，在這種時代交替之際，思想家試圖反思、批判過去，展望或盼望未來種種的可能性，這其中隱含著新舊交替時的徬徨和焦慮以及不

確定感」（黃瑞祺主編，2003：編者序8）；但它仍嫌「前瞻無力」，根本改變不了西方文化惡性宰制世界的內質和格局。而非西方人所要的「後」學，是緣力求擺脫被支配命運而來的「新作為」。這不妨先有一個「後臺灣文學」的宣言來「導夫先路」。

這整個方向，當然是要以創作「新形式類型」（包含新題材類型）或「新技巧類型」或「新風格類型」來規模臺灣文學未來的面貌，但有關它所需要的資源，卻得從自己的傳統來汲取挖掘〔這個傳統不當像某些人所說的只侷限在臺灣一地幾百年來的開拓史（詳見何寄澎主編，2000），它更得上溯整個民族的文化淵源史〕。我們知道，現存世界三大文化體系，分別為西方的創造觀型文化和東方的氣化觀型文化及緣起觀型文化，而後二者已經不敵前者的強勢凌駕而快速的從世界舞臺隱沒光芒了；但它必須重新被發揚，才有可能預約人間的樂土（淨土）。因為創造觀型文化所擅長的模仿或媲美上帝造物本事的各種表現（包括科技的發明和制度的設計、甚至對非我族類的強力操控等等），禍端層出不窮，早就無法保證人類還有所謂的「未來」；而氣化觀型文化和緣起觀型文化所講究的諧和自然、縮結人情和脫苦求自在等「萬物一體」或「生死與共」的志行，是唯一可以用來對治前者窮奢極欲的開發自然以及挽救日漸沉淪而走向能趨疲（entropy）臨界點的現實世界（參見周慶華，2001b；2002b）。所謂「後臺灣文學」，就是以這種自己原來所屬的文化傳統為內涵（其中緣起觀型文化源起於印度，東傳後因相近於中國的氣化觀型文化而被容受，現在二者幾乎已經相涵化為一體了），而後再別為尋思

能夠引人注目的「新形式」或「新技巧」或「新風格」。這是現有華人地區所不曾發現的新文學思維，而無妨由臺灣人率先來全力創發實踐，以便有「扳回顏面」的一天可以期待。至於西方的傳統如果還有可以「轉」用來共襄盛舉的成分，那麼我個人也不反對要堅決的予以棄絕；只是這種「甄辨」的工作，困難度可能遠超過大家所能想像的範圍，不如就這樣姑且「等著試試」了。

第二章　後臺灣的文學思潮

一、前奏曲

　　大約從二〇世紀八〇年代開始，臺灣一地文學的生產、傳播和接受快速的進入一個複雜而多事的紀元。說複雜，是因為臺灣已經變成文學理論的風向球，所有世界各地出現的新理論，幾乎都匯聚到這裡來相繼流行，再加上本地學者殫精研思而成的一些理論，使得臺灣達到空前的容受量（參見周慶華，1996a）。當中有的涉及創作觀念，有的涉及批評觀念，有的涉及傳播觀念。連番上演和實踐的結果是：促使了大家對影響／反影響課題更深入的省察以及對文化霸權的強力支配和自主意識如何落實等諸多疑慮（參見周慶華，1996b）。

　　說多事，是因為隨著八〇年代後期動員戡亂時期的終止、黨禁報禁的解除以及開放大陸旅遊、探親和文教交流等政治氣候的變動，立場相異的文學人也趁勢走向臺前捉對叫囂比劃；有些明顯帶著政治實踐性格的文學人，紛紛樹立起反帝、反封建、反強權、甚至反父權的旗幟，在文壇左衝右突，既熱鬧又緊張萬分！此外，海峽對岸的評論者也藉機在搶奪臺灣文學的發言權或解釋權，有關臺灣文學史的著作一本一本的出，並且嘗試透過中介在臺灣翻印流傳，造成此地在「史觀」上形勢比人弱的弔詭現象。於是不同文學理論流派「暗裡」相互較量猶有不足，又加上文學人「明著」你爭我奪由文學衍生出來的權益，臺灣文壇不質變和

量變也難！

這種情況，發展到九○年代初期，又有了新的變化。向來引進臺灣而曾經風行或來不及風行的創作觀念（如象徵主義、未來主義、表現主義、存在主義、超現實主義、魔幻寫實主義、現代主義等）和批評觀念（如形式主義或新批評、精神分析學批評或神話原型批評、結構主義、符號學、現象學、詮釋學、讀者反應理論、接受美學、對話批評、後結構主義、解構主義、後現代主義、新馬克思主義、女性主義、新歷史主義、後殖民主義、混沌學批評、系譜學批評等），漸漸銷聲匿跡，只剩女性主義和後殖民主義在「獨撐大局」（並由批評觀念過渡到創作觀念而成為踐履的強勁隊伍）。原因大概跟它們的「戰鬥性」和「易操作性」特能滿足當代臺灣人的胃口有關。然而，這也「好景不常」，九○年代末期網路文學興起，所有舊帝國所刻意區別的界域，都在網路這一跨性別、跨階級、跨族群、跨國家的新型媒體中失去了它們的屬地；女性主義和後殖民主義自然也得走入歷史。一個標誌著「數位革命」的時代正在來臨，臺灣的文壇又即將釋放出另一種能量。

基於這個因緣，臺灣當前的文學思潮，是很可以好好探討的。它一方面能為新舊世代的文學觀進行例行性的總結和展望的工作，另一方面還能窺探或預期此地文學心靈的崇尚或歸趨。此外，作為一個文學愛好者，也可以藉它來發聲，以便在言論市場取得相對的優勢地位。

二、女性主義退潮

在正式探討臺灣當前的文學思潮前，理當為文學思潮作點界定以及為如何取樣預行交代。一般所說的文學思潮，在西方多以某種主義來指陳，如人文主義、古典主義、浪漫主義、寫實主義、象徵主義、未來主義、表現主義、存在主義、超現實主義、結構主義……等等；在我國原沒有什麼「主義」，因而論述思潮的變遷時用詞多不一致，有的以「運動」來表達，有的以「精神」來陳述，有的以「派別」來界說……紛紛紜紜（參見郭育新等，1991；李牧，1990）。雖然如此，有的思潮含有一套嚴謹的理論體系，可以作為創作或批評的法則（如寫實主義、結構主義等）；有的思潮只是對某一現象的描述或期待（如人文主義、未來主義等），並未自成一套體系。臺灣近來所引進的文學思潮，大多屬於前者，而且披靡當代世界文壇，頗有「普世性」特徵可以辨認。基於跟世界同步或同調「看好」的理由，我個人選了女性主義、後殖民主義、後現代主義等幾個「長期」以來持續具有影響力的思潮作為探討對象。現在先看女性主義部分。

女性主義是一種政治，它是一種旨在改變社會中男性和女性之間現存權力關係的政治。這種權力關係構成了生活的所有領域，包括家庭、教育和福利、勞動和政治世界、文化和休閑等等，「它們決定了誰做了什麼以及為了誰，我們是誰以及我們將是誰」〔參見維登（C.Weedon），1994：1〕，確實有它的不盡合理處。換句話說，女性主義是對「厭女主義話語」的反擊，同時也是對女性禁忌和等級秩序的質疑。它從馬克思主義那裡獲得

了「否定意識」和「批判」性話語;從解構主義那裡獲得了「消解」男性／女性二元對立和顛覆既定等級秩序的解放策略;從詮釋學那裡獲得了「重寫文學史」的視界和對歷史重新詮釋的最佳角度。這樣一來,女性主義作為一種新的理論話語置入了當代文化,從而使長期被放逐在男性中心權力文化之外的女性「邊緣文化」,成為二〇世紀後半葉的熱門話題(參見王岳川,1993a:383~384)。

從總的層面來說,女性主義在發展的過程中,又衍生出了許多派別,如自由主義女性主義、社會主義女性主義、存在主義女性主義、基進女性主義、精神分析女性主義、新社會主義女性主義、女同志理論、後殖民女性主義、生態女性主義等(參見顧燕翎主編,1996);同時還橫向各領域而建構起以女性學為核心的新學科,如女性主義政治學、女性主義社會學、女性主義文學理論、女性主義電影學等〔參見石之瑜等,1994;亞伯特(P.Abbott)等,莫伊(T.Moi),1995;李臺芳,1996〕。這些都已引進臺灣,並曾發生或大或小的影響。而我個人也有過預言:原先臺灣文學史的建構過程所存在的爭論,會在女性主義的介入下而大為改觀。也就是說,女性們會站出來抗議,她們才是長期遭壓抑、剝削、忽視、甚至遭摧殘的受害者。舉凡文學作品中的性別歧視、性暴力、性暗示、性騷擾......都會促使女性們揭竿而起,向「男性沙豬」(父權體制)開火炮轟,使得一部臺灣文學史不成為一部臺灣文學史(而是男性主宰女性的殘暴史)(詳見周慶華,1997a:56~60)。雖然這並沒有應驗,但有關女

性文學或女性詩學的呼聲和實踐，卻已在許多角落滋生蔓延，略有點線面擴大醱酵的態勢。

　　縱然如此，女性主義從興起以來，就不斷遭受質疑和批判。它在國內也難免同樣命運，如「女權批評家對文學和社會的關係，大多以男、女性的典範為主，因而對社會的複雜藝術條件，如技藝、機構、經濟因素無法提出圓滿的解釋」（廖炳惠，1990：168）、「依目前的情況來看，我寧可將女性主義的批評當作是人文主義者的掙扎來讚揚。也許透過女性主義批評的努力，可以軟化人們在父權體系下孕育出來的功利思想和行為上予奪予取的侵略性。這一點如果能辦得到，也無疑是大功一件，可是究竟能否達成，誰敢樂觀？人文主義不是已經在科技、經濟掛帥的社會價值中失落了嗎」（蔡源煌，1988：304）、「女性主義批評發覺一個又一個的文本或現象，證明父權壓迫的存在。這些研究的貢獻讓我們認識到承載父權意識的文本無所不在，也教導我們（尤其是女性）成為抗拒的讀者。但這類研究累積到一個程度之後，不免令人焦慮的是接下來？不斷證明父權壓迫的無所不在除了令我們窒息、憤怒、難過之外，我們如何從中學習、站起來、往前走呢」（林靜伶，2000：131）等。這不論是批評它的化約作法，還是質疑它的人文價值，或者慨嘆它的循環論證，都顯示不盡認同女性主義；但這卻很少看到彼此「正面的對話」，幾乎只停留在「各自表述」的階段。

　　最近幾年，類似「一群女詩人希望打破長久以來臺灣的詩壇被男性主導的事實，計劃以集體發聲的力量自立門戶，積極

累積女性詩的創作量,並努力重新建立過去一直被邊緣化的女性詩學。將詩的革命納入婦女運動的一環......」(女鯨詩社編,1999:封面摺口簡介)這種調兒還是時有所聞,而且不乏搭配以具體的行動。但整體上女性主義已經「強勢」不再;相關的學術研討會或藝文活動少了,學界轉向研究範圍更狹小的同志、酷兒,而女性學的書也紛紛從市場敗退下來。這似乎代表著女性主義的口號喊不動了,或者沒有什麼人願意再細聽了(即使是反對者也懶得再費唇舌批評了),「祥林嫂效應」再度出現。取而代之的同志、酷兒論述(詳見紀大偉主編,1997;中央大學英文系性/別研究室主編,1998),能否帶動風潮,還在未定之天。而一種越界的網路主義,已經「悄悄」的在經營它的王國。女性主義的餘波,終將要被這一新浪潮掩蓋吞沒。

三、後殖民主義噤聲

同樣的,繼女性主義稍後而走紅的後殖民主義,現在也沉寂下來了。原來後殖民主義的理論重點,在於指出第二次世界大戰後,非西方許多殖民地國家紛紛獨立,取得了國家主權,並開始擺脫帝國主義的控制;但由於其他原因,它們在經濟、政治和文化上仍無法徹底脫離對於原西方宗主國的依賴,而出現所謂新殖民的事實〔參見薩伊德(E.Said),1999;朱耀偉,1994〕。這種論調,很快的也被轉用於發展抵拒(新)殖民的策略和行動,以至質疑和批判的聲音四起;所謂「它不能解釋:並不具有共同的殖民經驗的文化或社會之間為什麼存在相似性;同時也不

能解釋：同樣是屬於殖民的或被殖民的社會之間為什麼存在差異性……還可以補充說，後殖民的關於壓迫和反抗的二元對立，不僅看不到被殖民者和殖民主義之間既對立又互動的關係，看不到被殖民者對於殖民主義的某些前提的贊同，同時也阻礙了對於身處遊戲之外者的民族和群體的作用的認識……最後，在後殖民主義透過劃時代的殖民主義的『終結』來確認自己的時候，它就變成了幼稚的烏托邦主義。後殖民的空想的『新世界』圖景透露出對於後殖民的創造性的盲目樂觀。事實上，這種新的所謂『創造性』與其說指向文化差異，不如說是殖民結構和本土過程相遇的產物」（陶東風，2000：189~195），可以視為總結性的宣示。

　　然而，這並沒有減低文學批評界把它吸收作為新的批評利器。一些相關的基進性論述也逐漸模塑成形：「文學活動只是文化論述的一環……不可能脫離意識形態錯綜糾纏的廣大網絡而超然獨立……後殖民文學論述者指出，殖民壓迫的最大特色就是將語言書寫化為文化意識鬥爭的戰場……後殖民理論家認為，後殖民論述脫胎於被殖民經驗，強調和殖民勢力之間的張力，並抵制殖民者本位論述……以『抵中心』出發的後殖民論述因而視論述架構之重整為當務之急。殖民壓迫既然透過語言階級制完成，後殖民論述意圖瓦解殖民壓迫自然要從瓦解語言階級著手。在策略上，後殖民論述更替、並重新定位語言。主要步驟有二：第一，抵制殖民語言本位論調；第二，進行語言文化整合，建構足以表達本身被殖民經驗的語言」〔張京媛編，1995：172~175。另參見阿希克洛夫特（B.Ashcroft）等，1998〕。這類論述，在九〇年

代初引進臺灣，不久就轉變成臺灣鄉土、國族論述抗拒外來殖民
（如繼日本之後統治臺灣的國民黨政權）的有力依據（參見陳芳
明，1998；江自得主編，2000）。而它跟新馬克思主義對文化霸
權的批判又可以合謀聯手（參見向陽，1996；楊照，1995），試
圖一舉掃除強權支配和意識形態國家機器控制的煙霧。

後殖民主義這種解構、顛覆的策略，在臺灣內部究竟產生
多大的影響力，並沒有人作過仔細的考察統計；有的只是不斷對
它「流於排他和自閉下場」的質疑和憂慮（參見廖咸浩，1995；
王德威，1998）。換句話說，後殖民主義批評也仍在前述烏托邦
的氛圍裡討活計，根本忽略了臺灣一地文學／文化生態的複雜性
以及不易被歸類性。更弔詭的是一些控訴本地文化霸權的文人，
已經積極的投身於網路社會的新貴運動，而忘了自己正臣服於一
個勢力更強大的歐美日文化霸權之下。此外，向來一再宣稱自己
遭受二重壓迫而雅不願認同大中國文學和臺灣文學的原住民作家
（詳見瓦歷斯・尤幹，1995；黃鈴華編，1999），卻沒有停止過
參加大中國文學團體和臺灣文學團體的徵獎儀式（如中國時報主
辦的文學獎、聯合報主辦的文學獎和文學臺灣基金會主辦的臺灣
文學獎之類）而從中獲取高額獎金並蒙受肯定和讚美。這又代表
著什麼？是不是後殖民主義的假想敵真的只是假想敵，它的面目
和邪惡程度，都可以在操縱者的擺弄下瞬息變色和增減分量？我
寧可相信「是」，不然又怎麼解釋上述這些怪異現象？

不論後殖民主義如何的被抨擊為「產生了一種徹底重新開始
的歷史幻覺，一種徹底擺脫殖民影響的幻覺。這種關於『得到了

改進的、統一的世界秩序』的觀念，既不能解釋當代社會中不斷增長的差異和矛盾，也不能解釋殖民形式在全世界的繼續存在。它也忽視了由跨國公司和國際勞動分工造成的新殖民主義的問題」（見陶東風，2000：195~196），它在臺灣內部可以預見會越來越沒有賣點。因為一個強調本土性的新政權誕生了，原有的對舊政權不滿的情緒得到了恣肆的釋放；而另一個全球化的網路族群正在此地蔓延擴大，資訊帝國的收編本事早已把大家帶向了「可以內鬥，但不能外敵」的自我欺瞞和無力反省的詭譎幻境。換句話說，臺灣只要像現在一樣隨人高呼資訊社會的來臨，沒有一點批判和抵制的聲音，那麼後殖民主義就得持續闇默下去。

四、後現代殘象

其實，女性主義和後殖民主義的存在，對於社會中不時刻意要樹立起來的男性霸權和政治神話來說，還是具有相當程度的制衡作用。它們的退潮和噤聲，勢必得有其他的東西來填補；而這一點在目前政局和文化生態頗現混沌的情況下，顯然是還沒有人能預估答案。不過，一種後現代主義的餘風，卻不聲不響的襲向臺灣各個角落，也許就是它取代了大家對女性主義和後殖民主義的部分熱情，而跟新興的網路主義共同狎玩形構臺灣的文學場景。

回顧從六〇年代以來，後現代主義就以橫掃千軍的姿態站在時代的前沿，它的解構、去中心、不確定性、平面化、無政府主義等特色，不知風靡了多少久受禁錮而亟思高翔的人心。而

這表現在文學創作上的就是沒了成規可循的「意符追蹤遊戲」以及不斷自我消解的「虛無主義作風」〔參見孟樊，2003；渥厄（P. Waugh），1995；鍾明德，1989〕。向來就「不落人後」的臺灣文學界，自然也感染了這一風潮而從八〇年代中期開始勇於實踐，終於把臺灣文學推向第二波（繼現代主義之後）西化的高峯。它對臺灣文學心靈所起的刺激解放功效，實在不小。當然，它在面對崇尚社會寫實主義且痛恨買辦文化的本土作家的時候，難免也要被詆諆為「無根」或「逃避現實」（見葉石濤，1987；彭瑞金，1991a）；殊不知它已經在為末世社會勾繪一幅擾嚷而無所止歸的圖象。

這幅圖象是從現代、前現代的舊勢力反撲開始的。後現代用它的大敘述來反對現代或前現代的大敘述，自我矛盾自是顯而易見的〔參見史馬特（B.Smart），1997〕，以至論者紛紛斷言啟蒙時代的哲學、浪漫主義等等都將重新登上歷史舞臺，或者一種復歸式的「批判社會理論」或「新歷史主義」即將走上政治、經濟、社會或詩學的前臺〔參見阿皮格納內西（R.Appignanesi），1996；貝斯特（S.Best）等，1994〕。這後來幾乎無不一一應驗，造成文學界各種超前衛的實驗在進入新世紀之前，也很識趣的立即偃旗息鼓，以免趕不上「以復古為新潮」的時代腳步。雖然如此，後現代的解構衝勁並沒有減退，它仍然在文化各領域產生顛覆、啟新的作用；所謂「沒有什麼不可以」的社會，是在後現代之後才真正的來臨。而文學的後現代性，也正「激勵」了文學人走向徹底的無政府境地。他們的終點站，也許就在網路文學王國

新築完成的城前。

　　現在復古風還在流行，而網路文學也正起步不久，一切都顯得有點「青黃不接」。於是我們會看到一些沒有什麼功能卻又不盡全無道理的封疆式文學流派的塑造，如各種區域文學獎或類型文學獎的設立（前者，包括各公私機構或基金會所主辦的「教育部文藝創作獎」、「臺灣省文學獎」、「臺灣文學獎」、「寶島小說獎」、「臺北文學獎」、「桃園縣文藝創作獎」、「夢花文學獎」、「中縣文學獎」、「礦溪文學獎」、「竹塹文學獎」、「南投縣文學獎」、「南瀛文學獎」、「府城文學獎」、「菊島文學獎」、「打狗文學獎」、「大武山文學獎」、「花蓮文學獎」、「大墩文學獎」等；後者，包括傳播媒體或私人機構或基金會所主辦的「吳濁流文藝獎」、「旅遊文學獎」、「勞工文學獎」、「中華汽車原住民文學獎」、「全國身心障礙者文學獎」、「聯合文學小說新人獎」、「皇冠大眾小說獎」、「倪匡科幻獎」、「梁實秋文學獎」、「新世紀宗教文學獎」、「佛光文學獎」、「華航旅行文學獎」等），這跟幾大報（如中國時報、聯合報、中央日報、中華日報等）所主辦的「泛文學」獎相比，明顯有要凸顯地域或類型特色的用意；但臺灣一地已被世界文學思潮浸染到無以復加的地步，想形塑自家面目又豈是容易？何況在臺灣這個彈丸之地上還這般的切割作域和題材？又如大學或基金會所主辦的一些諸如武俠小說、歷史小說、海洋文學、飲食文學、佛教文學、女性文學等學術研討，企圖主導某一特定的文學風尚也很值得留意；只是「那又如何」？而且又有什麼保

證可以把它們推向世界文壇？此外，一些出版社曾經或持續的出版此地的文學或文學評論選集，表面上看似花團錦簇，實際上也依然不辨特殊面貌。換句話說，臺灣文人幾十年來所作的努力，幾乎都在別人的籠罩之下；而唯一可以向世人展示的，就是高密度的文人組合以及勤於學習模仿的特殊興味。

如果不從上述「能否走出一條新路」的角度切入，我們當會發現有些後出「趕辦」的區域文學獎或類型文學獎（如上所述），無不混合了基進作風（敢辦那些前人沒有辦過的文學獎）和保守意識（無法別出新意且仍困在傳統文學的框架裡）；其餘的學術研討會或文學選集，也如出一轍。而這正是後現代餘風未泯的徵象：大家競求發聲而不管新潮或復古，也不問臺灣文壇是否真的需要這樣經營。然而，在面臨一個超國界的網路新世代，這毋乃是一種迴光返照式的殘象。它可能是臺灣文人跨向新世代的前階，也可能是臺灣文人抗拒不確定變革的徵兆。

五、網路主義

所有相關文學思潮的討論，最後似乎都得匯聚到網際網路一個焦點上，才有辦法繼續向前展望。原先「網際網路是美國國防部先進研究計劃局技術戰士的大膽想像計劃，它源於1960年代，為防止蘇聯在核子大戰時佔領和破壞美國的傳播網。在某個程度上，它是種毛主義戰略的電子對等物，以在廣大領土中散布游擊力量，對抗敵人可能有的場域多樣性和知識。如同發明者所期待的，它的結果為一種網路結構，無法由任何中心所控制，而是

由成千上萬的自主性電腦網路組成，它在各個電子障礙中，可以無數的方式相連接。最終，由美國國防部設立了奧普網路，成為成千電腦網路的全球水平傳播網路的基礎，全球各地的個人和群體，各就他們的目的使用網路，而離開了已經過去的冷戰考量」〔柯司特（M.Castells），1998：7〕。這被認為是繼現代社會科學後的一大改變，「現代社會科學崛起於工業秩序創造的巨變中，它來自封建社會的廢墟。然而，世紀末的今天，巨變再度降臨。資訊時代的特徵正在於網路社會，它以全球經濟為力量，徹底動搖了以固定空間領域為基礎的國族國家或任何組織的形式」（同上，譯序XVI）。臺灣地處東西文明的交匯處，自然也很快的趕上了這波網路社會的潮流。

網路社會所帶給文學人的衝擊，一方面顯現在嘗試運用網路這一新媒體而將文學作品數位化處理以廣為傳播；另一方面顯現在利用網路或電腦特有的媒體特質創作數位化作品以達多元的互動效果。這是一種嶄新的創作、傳播和閱讀的經驗，據考察在最近幾年已經吸引了許多臺灣文壇的新秀，想要在網路上一展身手；同時一些青壯輩作家也盡出餘力而陸續設立專業網站，以便擴大他們的影響力（參見須文蔚，2003a）。一個可以稱為網路主義獨領風騷的時代，顯然已經來臨了。它的多媒體、多向文本（超文本）、即時性、互動性等等特徵，把後現代所無由全面出盡的解構動力徹底的展現出來了。尤其是多向文本，不啻真正落實了文本是一個無始無終的建構過程的後現代「宣言」。所謂「多向文本真正實現了作品不再是單向封閉系統的說法，它可以

作成道道地地貨真價實的寫式文本。多向文本要求一個主動積極的讀者，多向文本泯滅了作者和讀者之間的區別。多向文本是流動的、多樣的、變化的，它既不固定又不單一。多向文本無始、無終、無中心、無邊緣、無內外。它又是多中心、無限中心、無限大。多向文本是網狀式的文本，無垠、無涯，是合作式的文本，是沒有那大寫作者的文本，是人人都是作者的文本」（鄭明萱，1997：59），正說明了它永遠處在建構中（而不是「可以建構完了」）的特性。

當然，從整體來說，網路主義解除了一切畛域，自己不禁又成為新的「疆界」、新的「中心」、新的「道」、甚至新的「宗教」，而不斷招來「科技毒害」的撻伐聲。但在臺灣長期以來就走著一條「追隨式」的不歸路，現在置身新潮流中而想停駐不前，恐怕比登天還難；再說如果就此罷手，也難保有他處可去。因此，在文人一片「網路文學將在傳統文學的廢墟上重建」的歡呼聲中，其他人不跟著哀悼一個舊時代的逝去又能如何？只是我們還得小防「網路能不能給我們一股力量去抵抗商業扭曲後的價值，進而尋找到文學的本質」（《文訊》第171期「人與書的對話：二十一世紀文學創作的趨勢」，須文蔚語）這類「詭計」。所謂文學既然已經要超文本化了，尋找文學本質豈不是在鬧封建復辟？這恐怕是對網路文學既愛又怕的矛盾心理的反映吧！

六、新悼詞

沒有錯，網路主義也是一個可以哀悼的對象。它固然開拓了

我們的視野、滿足了我們恣意創作的慾望，但同時也阻絕了我們攀爬高峰的驅力、斷滅了我們追求理想的意志。我們不必成為勇於發現新大陸的航海者，只要當一個不辨方向的泅泳者或在高度無政府狀態中隱姓埋名而終了殘生。這是網路主義所透露給人的信息，我們能不感到悲哀嗎？其實，就臺灣人來說，還有一些文學的桂冠尚未頂戴，更不能就此遁入網路文學的虛無中。

九〇年代初，就有人感嘆臺灣盡是西方的文學典律當道（詳見廖朝陽，1994），甚至怒斥臺灣文人的不長進：「我們這一群人到如今還是處於鴉片戰爭八國聯軍被征服者的地位上：西方人繼承著勝利的地位，我們繼承著失敗的地位……西化中國知識分子幫他們殖了中國人的心」（顏元叔，1992）。而近年也有人在為「後現代、後殖民、反對大論述、拼貼技法、言必稱同性戀、言必稱身體自主」等西來的玩意兒大為搖頭（詳見陳映真，2000），或者對當代文學中充塞「情色、性慾、同性戀、性別倒錯、亂倫、器官特寫」等內容以及玩弄「後設、解構、拼貼、敘事觀點亂跳、造句故意不合邏輯等後現代技巧或多結局遊戲」等西式文學技巧深表不滿（詳見唐翼明，1999）。這可能會被新一代的作家反批評為「義和團餘孽」而抵銷了大家前進的步伐。但事實上我們確有需要試探一條可以贏回尊嚴的新路，而不光是像現在這樣但以撿拾別人唾餘為滿足。試問在經歷這一番文學數度西化的波折之後，我們又能想出什麼新招數？

第三章 後臺灣文學史的書寫

一、論題的緣起

　　臺灣文學從吳濁流於1966年設立臺灣文學獎正式「標名」，經葉石濤於鄉土文學論戰前夕發表〈臺灣鄉土文學史導論〉一文予以「闡發」或「界定」以及八〇年代初本土作家加以「驗明正身」，而後就一再的被炒作並引發前所罕見的文學論爭的熱度，如今還在斷斷續續的延燒中。考察這一波的論爭，大家不僅在爭臺灣文學的名，也在爭臺灣文學的實，而「穿梭」期間的是有關臺灣文學史的建構。後者的出現，是臺灣文學邁向「獨立自主」的最鮮明的一個標誌，但也成了最「引人非議」的一件事。而如果說臺灣文學的名實問題經過長達二〇年的爭論已顯露出疲憊，那麼臺灣文學史的建構還可以說是「方興未艾」。因為臺灣越往後走就越多可以書寫的空間，只要文學人不缺席，臺灣文學史就有人會繼續寫下去。只是基於同樣對文學的關心，我們必須追問「這一路走得還算穩健」嗎？倘若不是的話，那麼又該如何調整？也就是說，臺灣文學史究竟要怎麼書寫？這是本章要處理的問題。

二、臺灣文學與臺灣文學史

　　臺灣文學史的書寫，跟「臺灣文學」意識的出現是密切相關的。1977年鄉土文學論戰爆發以前，縱然有過多次相關的文學

論爭（包括日據時代所發生的新舊文學論爭、臺灣話文論爭和鄉土文學論爭以及四〇年代的臺灣文學論爭、五〇代的現代派論爭和七〇年代的現代詩論爭。參考陳少廷，1981；葉石濤，1987；彭瑞金，1991a；臺灣文學研究會主編，1989；李牧，1990；陳鵬翔等編，1992），甚至吳濁流設立臺灣文學獎要獎勵「臺灣作家」，也都沒有聽說文學要含特定的「臺灣意識」才能凸顯臺灣文學的特性；直到葉石濤「登高一呼」以「臺灣意識」限定臺灣文學的內容，文學界才有人自覺要跟敵對者或反對者決裂，以至爆發了鄉土文學論戰以及後續的一波又一波的臺灣文學論戰。而這一連串的臺灣文學論戰，也逼出了臺灣文學史的建構。換句話說，臺灣文學要有歷史（或本來就有歷史），是在自主性的臺灣文學的自覺（意識）之後，迫切要藉來證成論點才「成形」的。

由於臺灣文學一名從八〇年代以來逐漸消融或收編了其他課題（如寫實主義／現代主義／後現代主義、鄉土文學／臺灣文學／臺語文學等等爭議，都可以在隸屬「臺灣」名義下而被賦予意義。參見周慶華，1997a：11、26），以至有人誤以為它已經「中性化」了（見呂正惠，1992：343）。其實，在自覺臺灣文學要有自主性的人眼中，並不是「歷史上在臺灣地區所產生的文學」都是臺灣文學，而是得符合他所定規範的部分才算數。這樣一來，就再度的議論四起而不可收拾了；原因是誰也不服誰的界定。而這種互不妥協的態度背後，隱藏著深重的意識形態的較量和權力的鬥爭，恐怕沒有完了的一天。所謂臺灣文學史的書寫，就得從這一點切入，才有可能了解得「全面」。

　　從整體來看，臺灣文學一名，始終沒有像英國文學或法國文學或美國文學那樣中性化過；它內部的自我「分化」以及外界的強為「支離」，都使得臺灣文學的內涵和地位一直處於未定的狀態中。所謂內部的自我分化，是指臺灣文學「意屬」幾個陣營，彼此各有宣稱：「臺灣文學是胸懷臺灣本土，放眼第三世界，開拓自主性及臺灣意識的文學」（胡民祥編，1989：144）、「只要在作品裡真誠地反映在臺灣這個地域上人民生活的歷史和現實，是根植於這塊土地的作品，我們就可以稱它為臺灣文學」（彭瑞金，1982），這是本土派（臺灣派）的說詞；「『臺灣』『鄉土文學』的個性，就在全亞洲、全中南美洲和全非洲殖民地文學的個性中消失，而在全中國近代反帝、反封建的個性中，統一在中國近代文學之中，成為它光輝的、不可切割的一環。臺灣的新文學，受影響於中國五四啟蒙運動有密切關聯的白話文學運動，並且在整個發展的過程中，跟中國反帝、反封建的文學運動有著綿密的關聯；也是以中國為民族歸屬之取向的政治、文化、社會運動的一環」（尉天聰編，1978：95～96）、「沒有中國現代文學的背景作為對照，我們不可能對臺灣文學有正確和完整的認識。舉個最簡單的例子來講，日據時代臺灣文學和同時代的中國文學具有明顯的『同質性』（都強調反帝、反封建）；但五、六〇年代的現代文學卻同時背離了這兩個傳統。這既是一個臺灣文學發展的『異數』，又是一個中國文學的『異數』。如果沒有中國現代文學作為歷史背景，我們如何能夠『稱職』的解釋這『斷裂』現象呢」（呂正惠，1992：346～347），這是中國派的

說詞;「為臺灣文學定位則成為開放性的論題。文學評論者、文學史研究者、政治運動家之類的人參與的熱忱更遠甚於作家……光復以來,臺灣的文學作品多半具有空洞化和工具化兩個特質。不少具有潛力的作家,都把光陰和精力虛擲在文學之外的場合和無謂的紛爭中,殊不知決定臺灣文學地位的,絕不是文學以外的東西。臺灣作家寫作的客體已經呈現了臺灣文學的特殊性,只有量多質精的『臺灣文學』作品,才能使『臺灣』文學成為中國或華文文學的主流」(尹章義,1990)、「臺灣文學就是生發於島嶼臺灣的文學,跟隨歷史的進程,不同的族群先後移民入臺,不同的文化和語言相激盪,因政經社會的變化,而呈現獨特的和多元的面貌。它的範疇可以概括如下:(一)民間文學……(二)傳統詩文……(三)日據時代的臺灣新文學……(四)戰後臺灣文學……綜合以上所述臺灣文學的範疇,從歷史的發展來看,所謂『臺灣文學』當然不能自我設限在新文學的七〇年,而應上溯明清的傳統詩文,以至於口頭傳述的民間文學。雖然後二者研究成果有限,卻不可以任意割捨。其次,從作家觀點來看,不論移民先後、居臺之久暫、土地之認同、族群之分屬,臺灣文學猶如海納百川,也像土地之默默承受,不加排斥。至於九〇年代以後各族群文學的眾聲喧嘩,呈現解嚴以後的生命力,亂中有序,破壞並重整,我們給予『族群共榮,多音交響』的期望,誰說不宜呢」(文訊雜誌社編,1996b:16~17),這是綜合派或折衷派的說詞。此外,還有同屬中國派陣營,但僅以漢語文學(而不泛稱中國文學)來統攝臺灣文學:「在臺灣的作家所寫的文學作

品的屬性，不管是外省籍的作家，還是本省籍的作家，不論所寫的地理背景是否在中國的範圍之內，也不論所寫的人物是否是漢人，只要用的是漢語漢文，他的作品自屬於漢語文學」（馬森，1993）。幾乎是各彈各的調、各吹各的曲，臺灣文學焉能不在「未定之天」？至於所謂外界的強為支離，是指大陸學者「一廂情願」的硬將臺灣文學納入中國文學（由中共政權所延續的中國文學）的旗下，使臺灣文學成為中國文學的一部分或附屬（見白少帆等編，1987；古繼堂，1989；劉登翰等編，1991）。這不但讓本土派的人士「更為氣憤」，也讓中國派的人士「羞與為伍」（因為他們的大中國意識被吃掉了）；至於綜合派或折衷派的人士也勢必要跟它「劃清界線」！臺灣文學的地位，就因為有海峽對岸的「攪局」而開始「浮動」；再加上臺灣的國際處境顛危，外界多未能認同臺灣文學的「自主」發展。以至臺灣文學至今只具有「脈絡意義」（也就是只存個別論述脈絡中的意涵）而不具有「概念意義」（也就是抽象且普遍的意涵）。在這種情況下，要書寫臺灣文學史，就更加「居心叵測了」。

三、臺灣文學史建構的過程

前面說過，臺灣文學要有歷史，是在自主性的臺灣文學的自覺之後，迫切要藉來證成論點才成形的。這似乎跟上述「臺灣文學的內涵和地位未定」有前後語意上的斷裂；但也不然，臺灣文學所見的「各有主張」，並不影響大家都相信「臺灣文學」的存在（也正視「臺灣文學」可能有的地域的特色）。因此，此地有

關的臺灣文學史的書寫，就跟這一波臺灣文學的自覺緊相關聯；而海峽對岸所見的臺灣文學史著述縱然難脫統戰色彩，也無非是由此地相關論述的刺激而起（即使它要否定臺灣文學的獨立自主性，也同樣存在著從「反面」的自覺；而這正是所謂「臺灣文學的自覺」在語意上所得允許或所該概括的）。

比較重要的是，在走向臺灣文學史書寫的路途上所隱含的「政治的角力」。這種角力，是以各自形塑特定的意識形態發端，而以爭取相關的權益為訴求告終。如本土派部分，就形塑了「臺文沙文主義」這種意識形態。這原是要推銷「只要內涵臺灣意識就是臺灣文學」的論述或為反駁「臺灣文學是中國文學的一部分或臺灣文學是中國文學的附庸」的論調而構設的；但當它一再遭受類似「臺灣文學還有中國文學的影子（如語言的使用、思維的方式和情感的表達等等都沒有什麼大差別），如何區分得開來」的質疑後，卻很巧妙的把「舊有」的說法反轉過來，說臺灣文學包含中國文學，甚至臺灣文學跟第三世界文學（以尋求政治自救解放為基調，包括印度文學、中南美洲文學、非洲文學等等）是對立統一的（而不是互為對抗的）（參見周慶華，1997a：14～15）：

> 臺灣文學範疇裡，不但有中文文學，必然也包括了日文文學、英文文學、荷蘭文學，甚至西班牙文學......臺灣文學實則屬於不斷發現的時代；原住民文學、客家文學、本土語文學、環保文學、自然文學......相繼出現，無論文學的剖面或縱深都在延伸，臺灣文學的內涵出現了不斷地再發

現、不斷地重新聯組的現象（彭瑞金，1995：95～96）。

目前有所謂「自主性，本土化論者」和「第三世界論者」
的紛爭。其實這不應該成為論爭。因為二者都是臺灣文
學不可或缺的要素。前者是屬於臺灣文學的內在範疇，
後者是外在範疇；二者都統一在臺灣文學運動裡，並且
又透過文學而統一在臺灣社會運動裡（胡民祥編，1989：
144）。

這就把「臺文沙文主義」這種意識形態無限的膨脹了，結果是
越說漏洞越多（如「臺灣文學」的指涉對象本就難以辨認，還要
妄為收編未必存有「臺灣意識」的中文文學、日文文學、英文文
學、荷蘭文學、西班牙文學等等，以及忽略了被歸併的作家及其
作品有不願被歸併的可能性）。又如中國派部分，就形塑了「中
文或漢文沙文主義」這種意識形態。這原是為回應或批判本土派
的論調而構設的：

> 「臺灣文學」「自主性」的追求，反而導至了另一種狹
> 隘的、自閉式的義和團心態，「自保」的成分重過於「創
> 造」的成分……總之，在我的印象裡，「臺灣文學」論者
> 汲汲於在「理論」上證明臺灣文學傳統的存在及其「自主
> 性」的不容置疑。至於如何在當前的現實下開創臺灣文學
> 的新道路、如何在開創過程中取法於某些外國作品，對於
> 這些問題的討論，似乎很少看到。這種論述的偏頗，很可
> 以看出「臺灣文學」的侷限性。本土論者的偏狹性格尤其
> 表現在他們對大陸文學的漠視、甚至藐視上。在我來看，
> 大陸文學的寫實方式、大陸作家對西方現代文學的「模

> 仿」的特殊策略，以及他們揉和北京話和各地地方話的語
> 言表現模式，都有值得臺灣作家參考的地方。但基於他們
> 在政治上對大陸的強烈敵意，本土論者通常不屑於對大陸
> 作品瞧上一眼（呂正惠，1992：238～239）。

但這並沒有解決對方的問題，反而同樣的落入二元對立思維模式
的泥淖。以至它所力辯的「臺灣文學也是中國文學」或「臺灣文
學是中國文學的一部分」（見林燿德主編，1993：263；文訊雜
誌社編，1996b：39）以及在遭遇本土派質疑它有「既不忘中國又
不自覺關懷臺灣的矛盾情結」時所作的「臺灣是中國的一部分，
關心中國當然關心臺灣……本土派最好不要再說『統派』不關心
臺灣」的辯白（見呂正惠，1995：105～107），也就一併把問題
暴露出來了。也就是說，它不知臺灣假使已經被統掉或併入中國
了，再關懷「臺灣」（臺灣文學）還有意義嗎？又如綜合派或折
衷派部分，就形塑了「文學純化主義」這種意識形態。這原是想
超越前二種意識形態的框框而構設的（見鄭明娳主編，1993：158
～176；廖咸浩，1995：75～84）；但它並不自覺超越得並不徹底
（或說想超越而實際並未如願）：

> 文學的追求，原本就是對內容和形式從事無休無止的探
> 索，而反映在作品中的，正是對生存情境無窮無盡的反
> 詰，質疑的主題永遠是：難道非如此不可嗎……無論如
> 何，藉由文學的想像，作者和讀者將共同替我們的島嶼思
> 忖一幅幅可能的未來（文訊雜誌社編，1996b：25）。

> 當然，我們也支持「臺灣意識」的提倡，我們也能諒解定

　　義「臺灣文學」的企圖，是對一般不明究裡的把普通話文
　　化稱為「中國文化」的反彈。但即使如此，這種標示「健
　　康純正」文學路線或「框框」的作法，終非文學和文化之
　　福（廖咸浩，1995：82）。

也就是說，它所提出的文學觀念，仍在更大（或包容更多）的
臺灣文學或中國文學的範圍。因此，臺灣文學各派論述之間，
就純是為爭奪權益（而不是為爭執什麼文學的真理）而發。這
種情況，實際上早已白熱化的「端上檯面」了；所謂「戰後數十
年來，有一批『文人』環繞在國民黨政權的光環之下，躲在所
謂『中國文學系』的破廟裡，卻霸佔了整個臺灣的文學教育權。
就有生命的文學定義說，文學必須接受陽光、水分，必須接受土
壤汲取養分，必須貼切人群呼吸，必須接受臺灣風的吹拂，臺灣
語的淋沐……而依附在統治強權下的『中國文學』只能算是飄流
到臺灣來的一縷孤魂了……誣賴本土論已經取得臺灣文學的正字
解釋權，已然形成對『中國文學』壓迫宰制的霸權論述集團的幻
覺，根本就是不好笑的笑話。不過，臺灣文學的本土化實質，已
經對『反本土』者的虛妄，帶來圖窮匕見的壓力則是事實」（彭
瑞金，1995：56）、「最後這三股潮流（指重構臺灣文學史、臺
語文字化運動、心靈派和歷史派的創作）同時以『臺灣文學系』
的設立要求，企圖進入大專院校，透過官方壓力，和『中國文學
系』平分學院文學這塊大餅」（宋澤萊，1996）、「我比較討厭
一些『機會主義』的本土論者，他們比較聰明，學問和見識也許
好一點，但他們深深了解，在潮流之下，喊一喊臺灣文學，也許

出頭比較快，可以領一領風騷。他們為此不惜講一些『刺激』、『痛快』的話，好凝聚臺灣人的感情。他們『迎合』臺灣人的喜好，沒有考慮過：『愛』也許不只需要『放縱』，還要去『批一批』，讓頭腦清醒一下，以便想得、看得更清楚」（呂正惠，1995：95）等，在憤恨對方之餘，那種「眼紅別人霸佔權益」或「忌諱別人瓜分權益」的心態溢於言表（眼紅別人霸佔權益，指前二則本土派的論述；忌諱別人瓜分權益，指後一則中國派的論述。至於尚未引述的綜合派或折衷派論述的情況，則依違在前二派之間）。而不論「眼紅別人霸佔權益」或「忌諱別人瓜分權益」，都是權力慾的支使或加強（詳後）。

當中由本土派陣營「分化」出來的有一派以「語文至上論」為訴求的臺語文學派，企圖「解決」臺灣文學仍使用中文而可能被「併吞」的危機：「八〇年代臺灣文學界出現定位之爭，中國意識論者認為臺灣文學是中國文學的一部分，因此發明一個名詞──『在臺灣的中國文學』來指稱臺灣的文學；另外有一些稍具臺灣本土認知，但仍然無法超脫『中國迷思情意結』的文化人，則擔憂臺灣的文學會不會變成只是中國的邊疆文學，終究像附屬品般被歷史所遺棄或忽略，我們因此徬徨不定或自暴自棄；但已具堅定的臺灣意識的臺灣文學論者認為臺灣文學的屬性是獨立的，獨立於中國文學之外，自成一個主體，他們不再謙稱『鄉土文學』，而直接以『臺灣文學』名之。此時的臺語文學論者自然都是『臺灣文學獨立論』的倡導者和支持者；但他們更進一步指出，臺灣作家不只是要在意識上獨立，還要從中文掙脫出來，

追求臺灣文學語言的獨立，以落實獨立的臺灣文學」（林央敏，1996：41～42）、「鄉土文學為什麼會誕生，正是因為現代中文無法真切表達臺灣人語言的細膩，更無法反映臺灣人的文化和思想。現代臺語文學的誕生則進一步不滿於鄉土文學所使用的文字無法真切表達臺灣人語言的細膩，更無法深刻反應臺灣人的文化和思想」（洪惟仁，1995：51～52）。但它內部有關「臺語文字化」的各行其是（有的主張將教會羅馬字的調符字母化，有的主張廢掉漢字而採用羅馬字，有的主張漢字及諺文式方塊拼音字結合）而互不妥協，以及原本土派人士不願被「併吞」而多方的反彈，導至它一路走來步履顛危，至今還未形成氣候。當中的關鍵在於該派所說的「臺語」，僅指閩南語；這就造成非閩南語族群的不滿：「臺灣需要有各母語的創作，但反對『臺語』『臺文』『臺灣文學』存有狹義的定義⋯⋯臺灣文學的定義：站在臺灣人的立場，寫臺灣人的作品就是」（撮自李喬，1991）、「美語或美語文學決不因美語是源於英語，而減損它為獨立語言或獨立文學的事實和尊嚴⋯⋯因此，今日的臺語應包括『普通話』（就是一般所說的『國語』）」（撮自彭瑞金，1991b）。這種不滿，終於造成一方要以「多數為代表」的臺語籠罩全局；一方則斥責以多數為代表的臺語說為「霸道」、「大福佬主義」、「福佬沙文主義」、「語言壓迫」、「回到（國民黨）語言歧視的原點」而不願被收編或被同化的對立（參見周慶華，1997a：47～48）。而由此可見，臺語文學派的「竄出」，也無法自外於權益的爭奪；只是附和的人有限，始終「施展」不開來。

四、臺灣文學史觀的爭議

　　各派別有關臺灣文學主張的競勝，最終的決戰場自然就是實際的臺灣文學史的書寫了。換句話說，臺灣文學史的書寫，可以「具體」的用來支持各派別的論點以及作為反駁對手的講法而迫使他人「住口」的一大利器；它關涉到這場臺灣文學論戰的優勝劣敗，幾乎沒有人會放過這個「大好機會」，以至有更進一層的臺灣文學史觀的爭議。

　　如本土派部分，在臺灣文學「反帝、反封建、反強權」及對臺灣現實環境、人民生存的關懷（總括為臺灣意識）的前提下，就找來了賴和、楊逵、呂赫若、吳濁流、龍瑛宗、巫永福、鍾肇政、葉石濤、李喬、鍾理和、陳火泉、廖清秀、施翠峰、王昶雄、陳千武、黃春明、王禎和、七等生、洪醒夫、李昂、宋澤萊、王拓、楊青矗、吳錦發、向陽、林文義等作家及其作品，構成了所謂的「臺灣文學史」（詳見葉石濤，1987；彭瑞金，1991a）；而對於同在臺灣出現的現代派及後現代派的作家及其作品（如紀弦、余光中、洛夫、張默、瘂弦、白先勇、王文興、於梨華、聶華苓、歐陽子、叢甦、陳若曦、施叔青、朱西寧、司馬中原、張大春、朱天文、朱天心、林燿德等作家及其作品），就說他們是失根、飄泊、虛無的，不在「臺灣文學」的範圍，所謂「外省族群從五〇年代以降先由官方出面樹立反共、戰鬥文學體制；這是脫離本土現實生活的游離文學。外省族群建立的文學直到今天仍是遠離臺灣的土地和人民的失根、飄泊的文學。不管是六〇年代的西方文學以至八〇年後代解嚴到九〇年代，這種特

色未曾改變過。九〇年代現時的外省族群文學大體繞著同性戀、性、女性自覺抗爭等問題；而這也是逃避本土土地和人民生活困境的失根、飄泊的文學。這些問題並非民眾生活裡的重大困境，把問題侷限在游離正當日常性生活上，心態上也就是不認同臺灣的土地和人民的表現」（江寶釵等編，1996：Ⅱ）、「外省人最近的主流文學運動向著兩方向進展。一面是引進法國在國際上已過時的『後結構主義』『解構理論』（原注：就是不引進目前流行在美國的新實用主義和新歷史主義）。於是像『邊緣向中心進攻』『去中心』『顛覆』……一大堆的殘餘論調就湧進臺灣，兩性論述就高喊『我要性高潮』伴同『同性戀合理化』，將兩性的言說推向一種危機性高調……這是因為這些理論和調調能給予外省人主流文學的空無、飄泊的特質取得合理性。並同時展開對本省人新權力中心的進攻……」（宋澤萊，1996），正是一種總結性的批判或排外條款的宣示（參見周慶華，1997a：49～50）。

又如中國派部分，雖然還不見什麼長篇文學史的著作，但從它不斷地批評對手的論調來看，隱隱然也有自己的特定的臺灣文學史觀：「我們不應該把臺灣文學研究限制在一個傳統的認同和追尋上。在詮釋上，基於個人的意識形態，也許有人可以認為：賴和、楊逵、吳濁流、鍾肇政、李喬、宋澤萊……這一條線是臺灣文學的主流，但如果我們摒除了白先勇、王文興的現代小說，摒除了余光中、洛夫的現代詩，摒除了陳映真，摒除了所謂的『後現代』文學，我們如何看得清楚臺灣文學的複雜面相？最起碼，有主流觀念的人必須在一個更大的背景下解釋他的『主

流』，這樣的『詮釋』才能更『完整』。跟這一點有關係的是，我們不能扭曲或漠視歷史真相。譬如，對於早期臺灣新文學家和大陸新文學的關係，我們不必急於撇清，也不必急於強調，應該實事求是的去求證，以找出真正的『歷史』來。又如，我們不能以現在分離意識或臺語文學的立場，去詮釋日據時代的鄉土文學觀念及臺灣話文理論。這樣我們就不是在客觀的『尋找』歷史，而是主觀的『改寫』歷史」（呂正惠，1992：346）、「如果『臺灣文學』的定義，只限於『臺灣人』所寫的作品，而將來又必須用『臺灣話文』（福佬話）來創作的話，使用客家話的作家和原住民的作家不是也被排斥在外了？愛鄉愛土是每個人自發的天性，但把愛鄉愛土的情懷發展成為狹隘的排他意識，對一個地區的人民和文化都不是一件有利的事。何況就現代國家的權利觀念來說，具有公民權的人，不管他是原住民、第一代移民、第二代移民，還是第十代移民，都享有相同的權利，沒有人甘願被排除在外……今日臺灣的現實，已經不再是單純地對先期移民文化的繼承，也不是單純地對日本殖民文化的繼承，而是全中國各地文化在臺灣所形成的中華文化的大鎔爐，它的融合性超過大陸任何一個地區，本體就具有了十分的包容性。在這樣一種人文薈萃、內涵豐富的文化形態中，有沒有理由再去恢復日治以前的單一文化形態呢」（林燿德主編，1993：212～213），這種包容現代派及後現代派的論調如果付諸實踐，當也會有不同於本土派的臺灣文學史書寫產生。

此外，綜合派或折衷派並未有比較明顯的臺灣文學史觀及

其運作（也就是它究竟會如何取捨前二派所分別容受的那些作家及其作品，狀況還不明朗）；而海峽對岸的中國中心主義下的臺灣文學史書寫以及此地臺語文學派的大福佬主義下的臺灣文學史觀的倡儀，也難獲此地大多數人的認同。因此，看不出它能跟前二派「鼎足而三」。當中海峽對岸的作法「不但是從一個中原懷抱邊陲的高姿態去判斷臺灣文學，並且還都身懷重任，藉編寫臺灣文學史以完成『祖國統一』的大業，一廂情願地認定臺灣文學的『反帝』、『反封建』意識正『表現了臺灣作家「胸懷大陸」的民族情感，傳達了臺灣人民要求實現國家統一的多種信息』。因此『兩岸文學工作者面對同一世界，承擔同一歷史使命，在同一民族心態作用下，追求著祖國美好的前途和理想的人生』」（陳麗芬，2000：42～43），這已經被詆斥為「和稀泥」和「自慰自欺」（同上，43），很難有饜足此地人胃口的機會（更何況那裡面還充滿著唯物主義的影子，根本跟此地的思想觀念不搭調呢）；而臺語文學派固然也羅列了底下這種一長串臺語文學的作家及其作品：「在臺灣文學界裡大部分人都發現1980年代起，臺語詩是臺灣文學中旗幟最清楚也最刺眼的一支，不過事實上臺語文學早就存在了。如果把臺語文學往前延伸到它的來源語而連同中國閩南的泉州南管戲曲也包括在內，則臺語文學起碼有四百年的歷史。而純就臺灣一地來說至少在百年以上，像南管、歌仔戲、布袋戲的戲文，像民謠、童謠、七字仔歌、流行歌的歌詞，像各類俚俗諺語，像早年西洋傳教士或臺灣人使用羅馬字母拼寫成的某些具備文學性質的篇章，像日治時代部分作家的臺灣

話文創作，等等都是臺語文學的作品，使用口語化或幾乎口語化的臺語寫成，至少依發表後的文字來看是這樣；只是這些作品一直『伏流』在民間，未能受到官方和主流文化界的重視而已。臺語文學之受到重視並且受到臺灣作家的提倡和耕耘而成為『顯流文學』的一支，並且奠立『臺語文學』這個名稱，確實是1980年以後才有，但出自作家創作的臺語詩則在1970年代中期就誕生了……而在臺語文學這方面，除了林宗源、向陽仍繼續耕耘之外，小說家宋澤萊和詩人林央敏、黃勁連也陸續加入臺語詩的創作。1987年之後，參與臺語寫作的中文作家越來越多，如詩人黃樹根、羊子喬、李勤岸、林承謨（沉默）……另外，臺語學者如洪惟仁、鄭良偉以及陳明仁、羅文傑、林錦賢……等鼓吹臺語的人士都在此時投入這個運動。到了九〇年代，又有一群新秀從大學校園崛起，如楊允言、黃建盛、盧誕春、張春鳳……人數之多縱貫南北，也分布海內外，已經無法枚舉了。而且作品已不限於詩，而有小說、散文、戲劇等等；更不限於文學創作，而有文學理論的建構和非文學性的書寫文。因此，1980年代的後半葉起，臺語文學可算是邁進了多元開拓期」（林央敏，1996：17～24），但它既不見容於中國派的人，也無法討好原臺灣派的人，而有著「孤軍作戰」或「自我稱勇」的味道（參見周慶華，1997a：53～55）。

綜觀這一場臺灣文學史觀的爭議，說穿了，就是臺灣意識／社會寫實主義（本土派）、大中國意識／社會寫實主義兼現代主義兼後現代主義（中國派）、中國意識／唯物主義（大陸學者）

和大臺灣意識／社會寫實主義或語文中心主義（綜合派或臺語文學派）之間的爭議。他們在相當程度上多有重疊或交涉，只是彼此仍堅守「臺文沙文主義」、「中文或漢文沙文主義」（在大陸學者那邊更窄化到中共統治下的中文或漢文沙文主義）、「文學純化主義」和「福佬沙文主義」等第一級序的意識形態，以至有上述「各自表述」（而不理會彼此可能有的重疊或交涉）的情況。近來還有人嘗試以「後殖民史觀」來貫穿撰寫新的臺灣文學史，才剛藉《聯合文學》（從1999年8月號起）披露部分篇章，就已經遭惹他人「臺灣不純是殖民社會（而臺灣文學史也不合用後殖民史觀來貫穿）」的批評而引發雙方一來一往的論戰（見《聯合文學》2000年7月號、8月號、9月號、10月號、12月號等。按：前者是指陳芳明，他給臺灣社會的分期是：殖民社會→再殖民社會→後殖民社會；後者是指陳映真，他給臺灣社會的分期是：殖民地‧半封建→半殖民地‧半封建→新殖民地‧半資本主義→新殖民地‧依附性資本主義→新殖民地‧依附性獨佔資本主義）。這會不會刺激新一波大規模的臺灣文學史觀的爭議，還有待留意觀察。

五、相關爭議的幾個盲點

雖然臺灣文學史的書寫是臺灣文學各流派競勝最終的決戰場，但結果卻沒有人全面的獲勝，也沒有人全面的潰敗；只是有的仍繼續擎他的大纛，有的則淪落到苟延殘喘的地步（後者如中國派的主張，幾乎已經喊不出口號了；此外，臺語文學派的主

張在各方夾擊下，也快要奄奄一息了）。這一方面是各派別變不出新花樣（有時還會流於意氣之爭），讓人看了厭煩，不再（擇取）迎合附和，而使主導者跟著洩氣，乾脆偃旗息鼓；另一方面是近幾年網路文學興起，它的跨性別、跨階級、跨族群、跨國家的特性，使得強調地域特徵或族群意識的臺灣文學主張，很難再有賣點，自然得紛紛從傳播媒體上「敗退」下來。雖然如此，基於認知的需求，我們還是要一探這場臺灣文學史觀的爭議背後所可能存在的問題。也就是說，光一個臺灣文學史的書寫，就這樣歧見迭出，甚至各派別劍拔弩張的對峙，當中一定有大家所不自覺的盲點。而將這些盲點給予指出，才算對臺灣文學史觀的爭議課題有一較全面性的觀照。

一般所說的歷史，經由後現代歷史（新歷史主義）學者反覆的討論，已經動搖了過去大家所信守的歷史是透明且有固定意義的觀念。所謂「歷史是一種由歷史學家所建構出的自圓其說的論述，而由過去的存在中，並無法導出一種必然的解讀：凝視的方向改變，觀點改變，新的解讀就隨著出現」〔詹京斯（K.Jenkins），1996：68～69〕，就是在說明歷史的「文本性」（而不是什麼不證自明的真理）。換句話說，歷史不是「過去的事件」（舊歷史主義如此主張），而是被「敘述的」；過去的事件不能以真實的面目出現，而僅能存在論述（言說或話語）、符號或敘述等表徵中（參見錢善行主編，1993；張京媛編，1993）。這種新歷史觀，無疑是來自後結構主義或解構主義。後結構主義或解構主義認為任何書寫成章的都只是個「文本」

（text），而文本掩蓋的東西和它表達出來的一樣多，我們不應
當只從字面讀它，也不應當只顧到如何發掘作者的意圖。同時文
本也必須被解構，必須找出思路或情節之中的空白處、缺口、間
斷；而一旦找到這些，就可窺見深藏在文本之中的自相矛盾、顛
倒、隱密，也就是我們可以發現書寫布滿倒錯，反映出某一文化
內含有的「狡詐不實」。此外，既然一個文本可以用不同的方式
來讀，那麼語言就缺乏穩定性，而作者也無力控制讀者，只得任
由讀者用想像力重構作者所寫下的文字（參見艾坡比等，1996：
247；朱耀偉編譯，1992：16～22）。雖然如此，歷史文本在被
構設時，所隱藏於背後的企圖或動機仍無法抹滅，所謂「歷史
是一種移動的、有問題的論述。表面上，它是關於世界的一個
面向──過去它是由一群思想現代化的工作者所創造。他們在於
工作中採用互相可以辨認的方式──在認識論、方法論、意識形
態和實際操作上適得其所的方式。而他們的作品，一旦流傳出
來，就會一連串的被使用和濫用。這些使用和濫用在邏輯上是無
窮的，但在實際上通常跟一系列任何時刻都存在的權力基礎相對
應，並且沿著一種從支配一切到無關緊要的光譜，建構並散布各
種歷史的意義」（詹京斯，1996：87～88），傅柯（M.Foucault）
的知識／權力框架在這裡「再度」的發生了效用。而這種權力欲
求，又以意識形態為中介，使得馬克思主義的精靈重新「君臨」
歷史文本的構設（參見周慶華，2000b：41～43）。

　　由此可知，臺灣文學史的書寫，就無關先天的真理（如果有
的話）問題，而純是人為的後天的建構。這類建構，以一種（或

多種）意識形態貫串始末，並以爭取相關的權益為終極訴求（見前）。因此，各人所建構成的不同的臺灣文學史，就是不同意識形態的競勝，目的都在想望支配別人或影響別人以及因此而享有榮耀、尊嚴、錢財等好處（統稱為權益慾望）。但這些在各派別卻很少有自覺，以至一逕流於相互叫囂詬詈、批判對方的「霸權心態」（詳見彭瑞金，1995；廖咸浩，1995；鄭明娳主編，1993）；殊不知該叫囂詬詈都是白費（大家都是在建構臺灣文學或臺灣文學史），而批判對方的霸權心態本身就是一種霸權心態的表徵（參見周慶華，1997a：21）。此外，各派別開闢了戰場，只懂得捉對廝殺或聯合同盟出擊，卻無法預想「善後」的對策，導至一場近似「神聖」的戰事自然渙散，並沒有留下什麼有助於「展望未來」的東西，實在可惜！這又是盲點中的盲點。也就是說，各派別人馬在一番爭戰後，只能以「各執己見」收場（而不能別為尋找「出路」），不啻白費力氣，終究無益於臺灣一地文學的「成長」。

六、化解盲點的途徑

照理說，臺灣一地在經歷這一波空前的文學論戰後，大家應該會變得更聰明，為臺灣文學的前途「更進一言」；但實際上卻不然，相關的論戰已經息兵多年了，臺灣文學還是不知道要走上那一條路。這恐怕是上述的盲點烙印太深，以至如今大家還幡悟不過來。於是設法化解上述的盲點，也就成了當務之急。

這不能因為臺灣的社會體制（或文化體制）有「流動性」

的特徵，就順勢提議或縱容「多元並存、彼此對話、甚至相互矛盾的批評生態」（周英雄等編，2000：15）；而得尋找有益於臺灣文學在面對世界文學時所可以凸顯獨特性的地方（否則何必那麼大費周章的爭論臺灣文學史的書寫？參見第十章）。這就必須有系譜學式的建構。所謂系譜學，指的是「追蹤系譜脈絡，找出前身，並解釋認知本質是如何出現的一種方法」〔阿特金斯（G.D.Atkins）等主編，1991：360～361〕。這是傅柯受到尼采《道德系譜學》的啟發而建構的。傅柯認為，長久以來世人對歷史的研究都強調在時間的延伸線上，將各種散亂的史實資料重新歸納排比，以期根據邏輯推衍的順序，重新建立某個事件或時代的意義。然而，這種治史的方法往往過分重視「體系」、「始源」、「傳承」等觀念，在研究史實時容易陷入削足適履或一廂情願的歧途；不但無法重現所謂的「歷史原貌」（事實上也不可能），反而將史學範圍侷限於少數主題、事件或人物的重複研究中。因此，對於史學過分凸顯某些事件和人物承先啟後的樞紐地位，熱中鑽研某一時期的「時代精神」，強求某些意識理念的來龍去脈，乃至重塑理想主義式的世界史觀等舉動，傅柯都毫不留情的大加撻伐。傅柯強調，我們不是只有「一」個歷史，所以也不應該在史學研究中汲汲營營的找尋「一以貫之」的中道。這樣說，無非是要指出人文現象的產生和發展，本來就沒有固定不變的軌跡可以遵循，也沒有終極的意義目標可以迄及；我們的種種思想行為尺度，都是「知識欲求」和「權力欲求」交鋒下的產物。這也導至系譜學工作者，要以「現在」為立足點，為「現

在」寫出一部歷史，而不是妄想於重建「過去」。換句話說，系譜學工作者所關心的是人們經過了什麼樣的歷程而有「今天」的局面，或者以前的這段歷程裡有什麼因素的發生轉變可為「現在」的社會思維形式作借鏡。由於系譜學否定人可以看出歷史的全貌或必然性，於是也不求對某一時代或社會作面面俱到的描述（參見傅柯，1993：導讀二40～56；周慶華，1999a：14～15）。今後的臺灣文學史的建構，要藉為激發可以「創新」文學的質素以便贏得世人的重視，就得致力於這種系譜學式的發掘（按：所發掘的對象，也必須連上前面所說的是經由「敘述」而存在的部分）；否則東拉西扯的結果，只有徒然浪費力氣，臺灣依舊提不出什麼特殊文學產品「以傲世人」。

當然，系譜學式的建構，也可能「因人而異」，再度「印證」多音交響的情況；但這並無所謂，因為這時已經提升了「境界」，而不是像過去那種素朴的表現。還有系譜學式的建構，一經凝化為特定的意識形態，也可能「僵化」了我們對歷史的思維，而導至文學進化減弱的重現。但也不盡然，系譜學式的歷史文本的構設，仍可以因作者先備條件的差異而顯出多元化的特徵（如上述）。最後勢必形成一種有理則的「眾聲喧嘩」（多音交響）的場面，個別單聲相互抗衡對諍，也許更能促成文學的進化（參見周慶華，2000b：58～59）。

七、餘論

臺灣內部的族群複雜，權益分配不均，常使落居邊緣的人

在憤慨之餘更添一分悲情！而長年以來，臺灣的政治、經濟、文化等又多受制於美日列強，再加上中共非理性的打壓，又使得該悲情轉咎責於權力核心的無能且有擴大效應的趨勢。敏感的文學人，自然會在這多方糾葛中尋隙「發洩」，矛頭所指處，無不連聲威嚇，勾引出許多立場相異的人，共譜一段拚鬥擾攘的畫面。當中有關臺灣文學史的爭議，恐怕只是一個過場（不然大家為什麼在最近幾年不另起爐灶再爭呢），大家「真正」想要的是爭取相關權益的自由以及參與實質戰鬥的快感；尤其當知道「禦外」無望的時候，專事於「內鬥」，還可以減輕心中的恐懼和悲切！然而，我們怎麼沒有想到：自我軟弱的結果，可能會「坐以待斃」；不如從中奮起，以更強的姿態來迎接各種挑戰，也許因此而「改變命運」。從長遠的角度看，臺灣文學勢必要躋進世界文學之林（而受世人重視），才有前途；以至上述為臺灣文學尋找新機的倡議，也就迫切要由大家努力來踐履了。

第四章　後臺灣網路社會中作家的命運

一、作家們的夢

　　文學創作從整體上來說，有它神聖的一面，也有它世俗的一面。神聖的一面，是因為它可以「推移變遷」或「改造修飾」語言世界、甚至可以「模想擬便」或「實況重現」神秘界而為一種深層文化的象徵；世俗的一面，是因為它也是一種必須在現實中定位和尋求發展的行為或活動而免不了會有權力的欲求。而比較神聖面和世俗面所能給一個作家的「激勵」程度，似乎後者要比前者更強烈或更實在一些。換句話說，作家的使命感或神秘體驗（後者接近於宗教心靈的開發）所見的文化理想，可能敵不過現實所可以給他許多好處的誘惑。這不是說文化理想妥協或被迫退位了，而是說在現實的相關好處的誘惑下，文化理想是要到了最後「有空隙」再求滿足的項目。而這總說跟作家的「夢想」有關。

　　作家不是像一般人所想像的只是要成就名山事業而已；他最迫切的需求還是在於晉身為「文人圈」中的一分子。所謂文人圈，是指「那些受過相當的知識培育及美學薰陶，既有閑暇從容閱讀，手頭又足夠寬裕以經常購買圖書，因而有能力作出個人文學判斷的人士們」所形成的交流圈。相對的則是「大眾圈」，它是指那些「所受教育尚不足以掌握理性判斷和詮釋能力，僅粗具一種直覺的文學鑑賞力，而工作環境和生活條件也不利於文學閱

讀或養成文學閱讀習慣，甚至收入也不容許他們經常購買文學書籍」的讀者〔詳見埃斯卡皮（R.Escarpit），1990：90~92〕。而一個作家一旦可以進入文人圈，他就等於換了一個身分證明而可以在文人圈這個權力場域中遊走。如果幸運的話，他所創作的作品會受到讚揚，而他的聲望也會隨著水漲船高；這時他就可以比別人獲得多一點的權力。而就權力本身的產生條件來看，它原是每個人的想望；這種想望會形成強弱不等的衝動。而該衝動如果能夠得到滿足，那麼這不但會使得物質福分（如財富、地位等）快速的增加，並且還會意外擁有精神福分（如尊嚴、名譽等）的報酬；而更可觀的是，該衝動經常表現為去影響、控制、支配他人，使他人的行為符合自己的意志。此外，權力會帶給某些性格特殊的人一種心理上的補償（如有自卑感的人，擁有權力會使他產生優越感；又如缺乏安全感的人，擁有權力等於獲得一副安慰劑），而間接鼓舞了他們更積極於爭奪權力（參見劉軍寧，1992：73~74；周慶華，2000a：79~82）。作家都是自視很高的人，自然會比一般人更需要權力「隨行」而展開他所謂的創發或更新文化的偉業。而換個角度看，作家也有可能以創發或更新文化為藉口而更加強化了他內在的權力慾望。所謂「蓋文章經國之大業，不朽之盛事。年壽有時而盡，榮樂止乎其身，二者必至之常期，未若文章之無窮。是以古之作者，寄身於翰墨，見意於篇籍，不假良史之詞，不托飛馳之勢，而聲名自傳於後」（曹丕《典論・論文》，李善等，1979：965），曹丕講這段話時，忘了他是擁有權力的人（他既是皇族，又是當時文壇舉足輕重的

人物），語氣中全無一點「艱難狀」。這對原是一個市井小民而要躋身為文人階層的人來說，不知要如何靦腆才啟齒得了呢！因此，只要你有了權力，你就可以講「大話」；反過來說，你可以講「大話」，就是因為你有了權力的關係，而那一個作家在文學創作的路上不做這種權力夢？

　　雖然如此，作家的權力夢還是得靠傳播機制來促成它的實現。而所謂傳播機制，是指媒體、出版機構、行銷企業、教學或研究單位等對作品的生產、流通、接受、交換等的制約力〔參見吉普森（R.Gibson），1988；埃斯卡皮，1990；李茂政，1986；何金蘭，1989；周慶華，2002a〕。這一傳播機制對作家能否在文人圈立足和發展，具有決定性的影響力；以至仰賴傳播機制的幸運「裁成」和擴大「權力範圍」，也就成了作家另一個連帶的夢。而這在當今的網路社會中，又有了一些變化。

二、網路文學興起後的變化

　　這些變化，最主要是源於網路文學的興起。網路文學是整個網際網路生態的一環；它要得到有效的定位，勢必得從這個生態看起。在網際網路這一由電腦和網路結合為全球性而沒有中央控管的傳播媒體出現的過程中，原先是「美國國防部先進研究計劃局技術戰士的大膽想像計劃。它源於1960年代，為防止蘇聯在核子大戰時佔領和破壞美國的傳播網。在某個程度上，它是種毛主義戰略的電子對等物，以在廣大領土中散布游擊力量，對抗敵人可能有的場域多樣性和知識。如同發明者所期待的，它的結果

為一種網路結構，無法由任何中心所控制，而是由成千上萬的自主性電腦網路組成；它在各個電子障礙中，可以無數的方式相連接。最終由美國國防部設立了普奧網路，成為成千電腦網路的全球水平傳播網路的基礎；全球各地的個人和群體，各就他們的目的使用網路，而離開了已過去的冷戰考量」（柯司特，1998：7）。這被認為是繼現代社會科學後的一大改變，「現代社會科學崛起於工業秩序創造的巨變中，它來自於封建社會的廢墟。然而，世紀末的今天，巨變再度降臨。資訊時代的特徵正在於網路社會，它以全球經濟為力量，徹底動搖了以固定空間領域為基礎的國族國家或任何組織的形式」（同上，譯序XVI）。但後來這種改變卻產生了廣大的虛擬社群，也確立了資訊時代的全球化趨勢；並且因為網路的「具有通達全球、並能整合所有傳播媒體及其潛在的互動性等特性，而正在改變著、且將永遠地改變我們的文化」（同上，335）。而在這個新的資訊環境中，已經可以看到一些有關人事的頻密的交錯更迭現象：首先是廣泛的社會和文化分歧，導至使用者／觀看者／讀者／聽眾之間的區隔。信息不僅在傳播者的策略下被市場所區隔，也被媒體使用者自身的利益及其從互動中所獲取的優勢而日益分化。其次是使用者的日益階層化。不僅選擇多媒體被限制於那些有閑有錢的人以及有足夠市場資本的國家和地區；文化教育的差異，也造成使用者能否經由互動性使用獲益的決定性因素。多媒體的世界，將主要分成「主動的」和「被動的」兩種人口。再次是在同一個體系裡所有被傳播的信息，即使是互動的、有所選擇的，也都會導至所有信息被

整合到一種共同的認知模式之中。媒介之間彼此借用符碼,並且因而模糊了自己的符碼,在不同意義的隨機混合中創造出了多面向的語義脈絡。最後是多媒體以它的多樣性捕捉了它所在的場域中絕大多數的文化表現。它終結了視聽媒體和印刷媒體、大眾文化和知性文化、娛樂和資訊以及教育和信仰之間的分離乃至區別(同上,381~382)。所謂網路「將永遠地改變我們的文化」,終將不再是一句純粹虛擬的話。而創作這件成就文化的工作,自然也得在這個網路社會中一再的遭受衝擊和挑戰(參見周慶華,2001a:248~250)。

一些凜於網路社會威力的文學人,已經緊緊的在「擁抱」這一或許真能改變命運的機會,而紛紛以一種新的作家身分出現。他們可以運用網路這一新媒體而將文學作品數位化處理以廣為傳播;而這被認為所依賴的「網路的去中心的作用力,將挑戰以副刊為主的文化主導權」以及「隨著作者(家)發表空間的大幅擴張,被文學副刊守門人企劃編輯所排擠的作品,將可以在網路找到生機」(須文蔚,2003a:139引)、甚至「作者如同回到了『古騰堡時代』,可以身兼打字員、排版者、美工設計、出版者和行銷者,直接和散居各地的讀者面對面,不需要經過媒介守門人(包括出版社、副刊編輯、雜誌編輯等)的把關,更不必透過大眾文化市場的行銷體系,就以類似『人際傳播』的方式和文學的讀者心靈情意相通,更誠實地面對自己的作品」(須文蔚,2003b引)。此外,更「可觀」的是他們可以利用網路或電腦所有的媒體特質創作數位化作品以達多元的互動效果(參見林淇瀁,

2001；須文蔚，2003a）。這是一種嶄新的創作、傳播和閱讀的經驗，也是一個可以稱為網路主義獨領風騷的新世代。當中網路創作的多媒體、多向文本（超文本）、即時性、互動性等等特徵，把後現代所無由出盡的解構動力徹底的展現出來了（參見周慶華，2001a：250~253）。作家的傳播夢想在相當程度上都可以得到實現；而傳統傳播機制對作家的制約力也同時轉變為電腦軟硬體設備和網路生態對作家的「消費」呼喚和「榮枯」考驗（後者特指讀者的反應所給予作家的創作欲力的強化與否）。這一重大的改變，很明顯的關係到作家的「前途」問題，已經引發了多重的反應，也不斷地要激發起人從「瞻前顧後」中去尋找出路。

三、新的舞臺與新的問題

從整體上看，網路儼然就要深繫著作家的命運；但有關這類的命題是否能夠成立，卻成了值得先行探討的課題。如果說網路的興起等於宣告了一個「微敘事」時代的來臨，那麼這種對絕對速度的追求無疑是現代「大敘事」、甚至是後現代「小敘事」的最大威脅。所謂「繼現代『大敘事』的危機之後，也許將會是後現代的『小敘事』面臨危機。因為空間面向的危機，也意味著倫理、美學參考架構多樣性的危機。隨著實際空間和間差時間的消逝，無數建立於不同空間和不同時間的小敘事也將會消失；取而代之的是正在不斷擴張的電傳『微敘事』。微敘事不再是文字、話語或論述的敘事，而是聲音、影像乃至觸覺的電傳敘事。微敘事不再是回到現代性理論或理念的普世化，而是跳到資訊和

新聞實況時間的世界化」〔維希留（P.Virilio），2001：26〕，正道出了這一消息。因此，作家的寄身網路而嚐受「恣意創作」和「極速傳輸」的快感，也就可以擺脫在平面上難以成就大敘事式的實體建構或跟人競玩小敘事式的解構遊戲的焦慮。然而，實情真的這麼簡單嗎？

我們知道電腦這一最新科技，有關它的軟體程式和視窗工作平臺等設備的研發始終操縱在電腦科技專家的手裡；而一個作家卻只能「尾隨」利用而毫無「主導」的能力，結果有一些問題就跟著出現了。首先，作家表面上隨著眾人進入一個「後電子書寫時代」而要展開他的新的創作旅程，但實際上卻如何也避免不了一種「永遠追趕不及」或「無法預測止境」的新的資訊焦慮：「『後電子書寫時代』的書寫，經由電腦螢幕和指尖在鍵盤敲擊，眼睛在心智和文字之間，成為不可替代、不可或缺的中介。因此，電子書寫於是取代了傳統的書籍的架構，經由電腦自動化的支配的特性，電子書寫取代了文人的工匠雕琢，把我們的注意力『由個人的書寫經驗，轉向更為接近算數過程的一般化邏輯』；我們對於當代文化的理解，因此跳過理念沉思的穩定性，而朝向動態可能的過剩，一種無時無刻都存在的『資訊焦慮』。不論是由於資訊量的過多而產生焦慮的心理，或是因為對於資訊科技所帶來的『沒有盡頭的進步』感到焦慮，人類在『後電子書寫時代』感受到新的孤獨形式」（黃瑞祺主編，2003：173）。這種新的資訊焦慮所伴隨的新的孤獨形式，所帶給作家的不是自信、踏實等一類的心理慰藉，而是無從「計慮明天」的深重的不

確定感，一顆心終將要跟著電腦螢幕不安且無目的的晃動而無所止息。

其次，在「後電子書寫時代」，作家固然可以攀躋上另一波創作高峰而參與了所謂跨性別、跨階級、跨族群、跨國家的「數位化」世界的運作，但這種比先前任何一個時代更自由化的生活形式，所帶來的刺激、快感和新浪漫情懷，卻是以虛無主義為代價的。因為西方社會從現代起放逐造物主而追求自主性，所藉來代替失落的終極關懷的是哲學和科學；而哲學和科學到了為追求更大自由的後現代也一併被放逐了，人們從此生活在一個沒有深度且支離破碎的平面世界中。為了避免繼續「迷失」，一些有識之士已經看出必須「超越後現代心靈」，重返對造物主的信仰，才能挽回嚴重扭曲的人性和化解塵世快速沉淪的危機〔參見布洛克（A.Bullock），2000；史密士（H.Smith），2000；威爾伯（K.Wilber），2000；阿姆斯壯（K.Armstrong），1999〕。但事實上卻不如所預期，整個西方世界由於電腦網路的發明，使得許多人有了新的崇拜對象而喜不自禁的宣稱一個「理想化國度」的來臨。所謂「早期基督教徒設想的天國，是『靈魂』完全擺脫肉體弱點困擾的地方。現今的網路族傲然聲稱，在這一『（數位）世界』裡，我們將豁免生理形體帶來的一切侷限和尷尬」〔魏特罕（M.Wertheim），2000：2〕，就是他們尚未「妥協」的明證。而非西方社會本來沒有「靈性復歸」的問題（源於宗教信仰的不同），但已經追隨西方社會的腳步從現代走到後現代又轉進了網路時代，現在自然也得同樣面對必須自我拯救的關卡（參見周慶

華，2001a：94）。但整體看來，作家們（不論是西方的作家還是非西方的作家）似乎都還沒有準備好要面對這一新的課題；以至在網路世界裡寄身就帶有相當程度的盲目性，離「實質性」的自主還有很長一段距離（仍然受限於電腦科技而不可能有所謂的真正或徹底的解脫）。

再次，電腦科技的高度發展，不啻助長了另一波的霸權爭奪戰以及資源的大消耗。前者（指霸權爭奪戰）是因為網路世界的變數太多，只有能掌握電腦科技（包括軟體、硬體技術以及相關的生產機制和行銷網等等）的人才能立於「不敗」的優勢；其他的迎合者和使用者只好淪落被片面宰制的命運。所謂「在以電腦為基礎的資訊化科技發展的衝擊下，資訊化知識成為直接社會生產力主體的同時，國際政治以爭奪資訊化知識的主導權為核心，而那些掌握資訊化知識的生產分配主導權的跨國企業，更有可能成為影響國際政治經濟、甚至軍事文化發展的主要力量」（李英明，2000：25~26），這實際上已經得到了驗證；而它所衍生的新科技殖民也早就隨著全球化的浪潮在世界各地造成大大小小的「強力支配」的災難〔參見曼德（M.J.Mandel），2001；勒比格（O.Lebinger），2001；格拉罕（G.raham），2003；湯林森（J.Tomlinson），2003；雷席格（L.Lessig），2002；喬登（T.Jordon，2001）〕，讓無力操縱科技的人更不由自主（或活得更無奈）而對未來世界深懷恐懼！後者（指資源的大消耗）是因為電腦科技所要締造的「理想化國度」，是要以無止盡耗用地球的資源為代價的；而這樣下去在可見的未來在地球這一封閉的

系統內一定會面臨不可再生能量趨於飽和的能趨疲的壓力。試問在這種情況下，所謂的網路世界又可以維持多久（參見周慶華，2003：230~231）？而站上這個舞臺的作家們，究竟又要如何自我定位（或說又要表明什麼樣的立場）？這恐怕會是一個兩難結局。換句話說，作家們不是要向「現實」低頭（一樣隨人去競逐權勢和參與耗用資源的行列），就是要逆向操作而採取抗拒「現實」的態度；而不論如何，這都不可能是一條康莊大道而可以任作家們「稱意」的去馳騁。

以上所舉只是犖犖大者，而對於電腦操作技術的摸索學習以及軟硬體設備更新花費的壓力等等都未涉及。這些總合起來，一個寄身網路的作家所能嚐受的「恣意創作」和「極速傳輸」的快感，可能就不如想像的實在；而所謂網路儼然就要深繫著作家的命運這個命題真要成立，大概也是負面意義多於正面意義。因此，在一個嶄新的數位化世界裡，作家的前途依然沒有得到什麼「有力的保障」。

四、數位創作的明天

即使不管資訊焦慮、科技危機等問題而逕自從創作本身來說，未來恐怕也難以樂觀。理由是創作和網路結合所顯現的「數位化處理文學作品」和「創作數位化文學作品」等兩大變數（見前），固然改變了不少文學的生態，但有關作家創作的成績和讀者接受的方式尚未（或說很難）跟著「大幅成長」的情況下，網路再大的功能也只不過是提供一個新的發表園地和公開討論、互

動的場域而已，對於文學的前景或發展並沒有發揮「啟新」或「重塑」的作用，於文化的價值還得有所保留。

　　且看論者的一些議論：「虛擬原本是需要想像力和創意的；然而在數位化的虛擬世界，經常缺乏真正的虛擬性。例如許多BBS社群只是實體社群的延伸或反射，版上的文章不脫日常生活的聊天性質」（孫治本，2003）、「網路文學發展至今，原本強調純文學、邊緣、前衛、實驗、社區和小眾的內涵精神，一夕之間在『消費市場』導向之下，開始尋求新奇、聳動、情慾以及巧變為風尚之所趨，把現實世界中的文學環境再到網路上複製一遍」（須文蔚，2003b）、「在網路小說社群中，取代製造不透明技術的『作者／讀者』的技術區別依據其實很模糊。但依照我的觀察，較受讀者稱頌的作者（家），大抵都具備用影像式的分鏡處理文字的能力。這種影像式分鏡的掌握，跟年輕一代為好萊塢電影風格、日本少年漫畫、電視日韓偶像劇所餵養的集體成長歷程有關。它的文字必須是可以快速在讀者腦海中轉譯成影像的；而影像的背景最好也符應眾所熟悉的校園、補習班、公車、宿舍、KTV；然後以極為大量的對話作為故事動線的主要節奏，在呈現故事人物的特色時，場景的描繪往往成為多餘、惱人的累贅，就連內心的獨白都是自言自語式的簡易言辭，而非深沉的、意義堆砌的反省」（柯景騰，2003）。這些都說到數位創作為求「時效」和「易感」而不肯或無從提昇水準，導至在網路世界所看到的只是「簡易」現實世界的延伸和複製而了無新意可談。

　　當然，我們還是可以窺見像底下這一類有關文學並未完全

「沉淪」的斷言：「從量化的角度觀察通俗文學和純文學的消長，商業力量未必所向披靡；純文學的媒體以游擊戰的方式，寄生在商業電子媒體之上，有時也能博取更多分眾的認同。以目前文學電子報的發行狀況分析，《聯合報》兩個副刊的電子報訂戶數都在九千以上；而同在《聯合電子報》的三個專業和另類的文學電子報：《E世代文學報》、《傳統中國文學電子報》、《每日一詩電子報》，卻都有超過一萬二千份以上的訂戶數，足見網路文學閱讀者未必完全受到傳統商業文學媒體的支配，而會有選擇性的閱讀模式。另一方面，《傳統中國文學電子報》和《每日一詩電子報》還同時在智邦電子報系統上刊行。以這種游擊戰的方式，兩個新興的邊緣媒介，累計訂戶都超過二萬三千以上；如果加上各自網站上的發報系統中吸納的讀者，那麼總數應當已經超過三萬人。足見嚴肅文學的工作者是有能力轉化文化工業製造和流通的流程，藉著通俗文化的傳銷管道傳播純文學的作品、理論和批評；值此流行的風潮上，網路文學社群原創的價值也同時獲得宣揚」（須文蔚，2003b）；但大體上整個數位創作是看不出有「美好」的明天的。因為這種可以顯現多媒體、多向文本、即時性、互動性等特徵的新創作形態，實際上只是把握了電腦科技的「便利性」，而還無力創發新的文學生命。就以它最常被稱道的互動性和多向文本來說，即使那種互動所激盪出的觀念或意見可以改變作家創作的方向而多向文本的出現也無異促使單一文本獨霸的終結，但我們的「文學感」並沒有因此而有大幅度的躍進。換句話說，在網路世界裡我們所看到的是文學遭受百般的「擰

弄」和「支解」而不是文學被重新樹立了「旗幟」或「標竿」，它的新奇感僅來自媒體而不來自文學。因此，要期待文學走出一條新路，可能不在對電腦科技的利用上，而在人腦的改變觀念或偶發靈感上。

到目前為止，的確還沒有發現文學因為有新媒體的助長而開始要脫胎換骨了。這主要是每一次第的新的文學觀念及其實踐都由人在掌控和發用，電腦如果可以發揮作用，那麼絕不是它「自我創設了一種新的文學」，而是「代人體現所創設的一切」。就算是這樣，文學人一方面要挖空心思找點子，一方面又要兼顧新媒體的各種「技術」問題，想寄望他們（特指從事數位創作的人）開啟新的文學生命，恐怕還有得「漫長」等待了。而這對地處世界文學邊陲的臺灣文學來說，要看到一條新的文學道路伸展開來，此地的作家就得加倍的身懷使命感，從只知道撿拾西方人的唾餘（包括利用全由西方人操控的電腦科技）的氛圍中「奮起」。

五、走出悲情

網路正在全面性的改變人類文化，這是事實；而文學人的追趕新潮，寄身在網路裡求取慰藉和榮寵，也是事實。但這一切對位居邊陲的我們來說，卻是要帶著悲情來面對的迷離的「美麗新世界」：「網際網路，猶似一座迷幻的虛擬之城，有它無可置疑的開放性和不被檢肅、阻斷的『野火』性格。在這座燃燒著真實世界透過法律、教育和文化機制所禁制的人性慾望的虛擬城市

中，權力、利益以及飽含人類慾望的資訊強而有力地流動著。表面上，這標誌了一個不被政治、權力或文化霸權宰制的『美麗新世界』；實質上，則如柯司特所洞見，這樣的網路社會所產生的『新秩序』乃是一個『價值被生產、文化符碼被創造、而權力被決定』的『網路社會新秩序』。而這一新秩序『對大多數人來說則越來越像後設的社會失序』；它的迷幻和虛擬，『源自不可控制的市場邏輯、技術、地緣政治秩序或生物決定論的自動化隨機序列』。而在網際網路這樣迷幻的虛擬之城中，文學社群（無論是舊媒介或新媒介領域）的文本虛擬，相對地更像是斷裂的瓦解的『碎片』，被華麗的流金掩飾、遭淫邪的聲色的鄙夷。文學和網路的聯結，因而更陷入弔詭的困局之中：作為文學創作者，到底該加入這個迷幻的虛擬遊戲？還是該進入當中抵抗這種被市場邏輯操縱的戲局？臺灣網路文學的後現代狀況，到這裡對整個臺灣文學社群展現出最大的張力」（林淇瀁，2001：212~213）。因此，能否走出這種由他人所設計戲局的悲情而開創真正可堪告慰的美麗新世界，也就成了臺灣的作家們所得接受的最大的挑戰。

現在所能看到的卻儘多是底下這一類對電腦的「過度依賴」：「使用電腦已經有七、八年時間；電腦於我，多半用在文書處理，像是一部昂貴的中文打字機一樣。七、八年來，在電腦鍵盤上，我敲敲打打，用電腦打報告、打論文、打詩、打社論、打講義，幾乎天天跟電腦為伍，『打』電腦替代了過去的『寫』稿子。先後使用了四臺電腦......」（向陽，2001：15）、「十五年前，杜十三耗費心血布置了『空中花園書房』；兩年前，他

用同樣的心力增設『無線上網』的e設備，讓他在書房的任何角落裡打開電腦，都可以上網閱覽群書。『我家裡大大小小的電腦，加起來七部！』連出門時，杜十三都在包包放上一部『口袋電腦』；一有靈感，就用電腦筆將詩句輸入電腦，回到家再用紅外線輸入大電腦中……他在網路上搜集各種關於書的網站，也將自己的創作一一轉成數位資料」（陳宛茜，2003）。這樣臺灣的作家們不但走不出悲情，而且還會更加重悲情。雖然身為一個作家也跟其他的文化人一樣「只不過在利用電腦而已」，但他特有的敏銳感受和異於常人的悲憫情懷，卻不能察覺當中所隱藏的「資源匱乏」和「自掘墳墓」的危機（參見周慶華，2003：229~231），毋寧也是一大可怪的事！以至臺灣的作家們最後還是得警醒來告別對別人的依附而勇闖另一個新天地，才能活出自己的尊嚴和價值。

對於這一點，除了積極於開發我一再期待的新的類型（詳見周慶華，1997a；2000a；2002a；2003），似乎沒有別的途徑可以藉來改造臺灣作家的命運。這種新的類型，不論是屬於形式上的還是屬於技巧上的或是屬於風格上的，總得媲美在世界文壇上曾經流行過且受人矚目的諸如象徵主義、未來主義、表現主義、存在主義、超現實主義、魔幻寫實主義、解構主義、女性主義、後殖民主義等等，才有希望被世人所仰望而為自己爭得一席之地。至於電腦科技在這個環節上如果還有可以「派上用場」的，我也不反對一定要絕決的跟它分離；但這依然得嚴守新能趨疲時代的作為（防止不可再生能量達到飽和）的原則，才不致走上或誤蹈

「同歸於盡」的絕路。

第五章　後臺灣新世代詩人的語言癖好

一、所謂新世代詩人

　　談論詩，可以談論它的意象，也可以談論它的韻律，還可以談論它的情思，更可以談論它在歷史上的命運以及在時代環境下所受的委屈。但這種談法，對臺灣新世代詩人的作品來說，可能都嫌老套或不那麼相應。也就是說，意象的經營和韻律的講究一類寫作的規範，已經不是正在追趕新潮流的他們所在意的了；而所謂深刻情思的呼籲或歷史使命感的加被或社會良心持守者的期待，也快要成為他們眼中的肥皂劇，很難藉來「激勵」或「感動」他們。那麼剩下來還有什麼可以談論的？我想只有「語言遊戲」的歡悅一項。

　　這得從「新世代」的認知開始談起。大體上，「新世代」一詞的出現，不是老成的一代基於「後生可畏」的感喟而特許給年輕一輩的，而是後出的一代為了「影響焦慮」不得不自我封號的。且看希代版的《新世代小說大系》和書林版的《臺灣新世代詩人大系》，這相對於天視版的《當代中國新文學大系》、九歌版的《中華現代文學大系》或洪範、爾雅、新地、前衛等出版社所出版的各類文學選集並不時興區隔作家來說，它所標榜的「新世代」就成了形同向前行代告別的輓歌以及一種企圖管領風騷的徵象。因此，「新世代」命名的背後，實際上有著不滿、自負和勇於趨新等複雜的情緒。

　　《新世代小說大系》和《臺灣新世代詩人大系》在選編時，編者（前為黃凡和林燿德，後為簡政珍和林燿德）首先以「新世代」來指稱1949年以後在臺灣出生的作家（黃凡等主編，1989；簡政珍等主編，1990），並將自己列名其中。而在前大系裡，還明白的提出近似所謂「新世代的宣言」：「如果我們正提出一個新世代宣言，那麼這個宣言毫無一致之處。因為我們的內容是一種新世代的多元氣氛，拋棄僵硬沉重的歷史包袱，也是藐視強買強賣的理論策略；我們有權利擁抱視野所及的一切化育養成新天新地，也有權利粉碎人間一切斯文掃地的迷信和龜裂崩頹的偶像」（黃凡等，1989：4）。在這個宣言中所標出的三反（反專斷、反教條、反權威）、二多（多元化、多觸角）和一重（重文本）等特徵（參見中國青年寫作協會編，1997：97~112），已經隱喻著新世代作家的「世代交替」性格（參見文訊雜誌社主編，1996c：425~431）。爾後討論相關課題的人，不論對新世代的年齡界限是否有異見（或說出生於四〇年代初，或說出生於六〇年代以後），幾乎都無法否認新世代作家有強烈的反叛或超越前行代作家的意識（參見孟樊等編，1990：229~231；孟樊，1995：349~350；文訊雜誌社主編，1996c：363~375）。

　　雖然如此，新世代作家究竟如何的在反影響以及是否真的反影響成功了，也還是一個有待分辨的「變數」。以詩創作來說，有人認為新世代「後繼乏力」：「八〇年代之前每一階段的新生代詩人，不論他們對詩社或詩刊的維繫力有多麼短暫，他們的爆發力都非常驚人。至九〇年代以降，這樣的『風聲』或

『爆炸聲』似乎稀稀落落，似乎渺不可聞，詩的『傳承』面臨了一次極大的轉折點......他們（指新世代詩人）非常個人化，無法無所為而為，卻又不易成為英雄。他們比前行代詩人面對的困境似乎更大」（文訊雜誌社主編，1996c：702）；有人認為新世代「無可限量」：「新世代詩人真的交不出耀眼的成績單？現代詩將終結在九〇年代詩人身上？在文壇世代交替的風潮中，無論是執迷於文學世代是代代相承的關係者，認定世代必然會承接上一代所創造的遺澤，或是把詩壇生態視為金字塔結構者，往往對新世代詩人是採取『視而不見』的態度。林燿德曾經不只一次表示，無論以量或質的觀點檢視新世代詩人的表現，他們在詩創作、詩評論、文學活動參與上，都有極為具備份量的作品產出，並且已經建立出具有獨特性、專屬性的題材。就以最近興起的網路詩社（《晨曦》詩刊）為例，在成立短短五個月之內就累積了千餘首詩創作，在版上發表作品的詩人高達五十餘位，頗有『平地一聲雷』的架勢，似乎就正以作品為自身的表現作辯護」（中國青年寫作協會編，1997：144~145），雖然彼此都承認新世代的反影響企圖，但前者的「哀悼」和後者的「義憤」卻使得新世代反影響與否的機率在五五波之間。類似兩極化評價的情況，也顯現在一些比較細部的討論上，如有人認為新世代詩作「從簡單的形式之中，在小小的句子語碼之間組合，意象渙散，完整句子被分解破碎，語言跳動，瓦解了語言的必然性和承接關係，徒然製造了部分形式上的驚奇、翻新。以『點到為止』的絃外之音，呈現外在的小聰明，而非深潛的智慧」（張國治，1990）而同時

對於新世代詩人喜歡賣弄某些流行詩題（如文明紀事、末世紀、末日、物語、定律、考、宣言等等）也不免要加上「新世代詩人之於星球、文明、歷史、愛情、戰爭，甚至未知的超時空，有著怎樣深刻的體驗？抑或只是名詞的堆砌」一類的質疑（張國治，1989）；但有人卻認為「不管這些流行語彙、術語或詩題是否真如論者所說乃意味著『八〇年代精神層面更深的失落、時代的虛無、語言的暴竭及貧乏』，事實上它們恰恰呈現了臺灣世紀末的獨有特色；而就它們的語言的使用來說，這就是詩創作的感官化及科技化」，而「在語言的感官化及科技化之餘，如上所述（略），後現代可說是新世代詩人在世紀末的時代中所表現出來最為搶眼的特色。後現代詩的主要特徵如下：（一）文類界線的泯滅；（二）後設語言的嵌入；（三）博議的拼貼和混合；（四）意符的遊戲；（五）事件般的即興演出；（六）更新的圖像詩和字體的形式實驗；（七）諧擬的大量被引用；其他還有脫離中心、形式和內容分離、眾聲喧嘩、崇高滑落……等特點」，「而不論是有意還是無意，這種跟往昔大異其趣的『詩體』，最終仍是實踐了它對前行代的反叛；坦白說，如果不是由於後現代的反叛，包括臺語詩、客語詩，甚或原住民詩它們除了使用的母語不同外，形式及技巧仍沿襲寫實主義那一套都構不成新世代詩人自己的特色。因為不論是援用現代主義或寫實主義的技巧，詩即使寫得再好，還是逃脫不出拾前行代牙慧的範疇，傑出的年輕詩人在臺灣詩史上，永遠只能附第一代、第二代大家的驥尾，至於開宗立派、另譜世紀末的時代色彩、重寫歷史、開拓

新批評理論的視野等『豐功偉業』更談不上了」（孟樊，1995：350~354）。這種情況，豈不應驗了「臺灣新詩在世代觀念下，其實隱含了各種意識形態和區分體系的權力流動」（鄭慧如，2000）這樣的論斷？

可見世代可以劃分，正如文學史也可以切割成五〇、六〇、七〇、八〇年代等等（後者，見林燿德主編，1993；文訊雜誌社主編，1996c；陳義芝主編，1998），但這種劃分或切割並不是什麼先驗的真理，而是劃分者或切割者基於論述或主導論述的需要而權為處理的；它的正當性與否僅存在於認同者或接受者的多寡。目前似乎還沒有一種論述能普遍的使人信服，倒是為了新世代的命名和賦予的意義所流露的解釋權爭奪戰還在擴大效應中；而新世代的自我標榜和非新世代者或不滿新世代者的鄙薄排擠，勢必還會繼續對峙下去。現在我個人再把新世代詩人提出來討論，並無意要去仲裁什麼，只希望自我完足論述，展現一種必要且不跟時流競合的觀察。也就是說，每一個時期都有新世代（何況它還可以任人定義呢），而所謂「臺灣新世代詩人」，在當下就只合用來指稱九〇年代以來在臺灣一地出現或活躍的年輕一輩的詩人；他們大多在二〇歲到三〇歲之間（最大不超過四〇歲），發表詩作的管道，除了傳統的媒體（如報紙、雜誌、書籍等），還增加了新興的媒體（如電子書、網際網路等）。而它們究竟在想些什麼或寫了些什麼東西，不妨也藉機來談一談。由於這種談論旨在提供一種「異樣」的思路，自然不會跟時下相關的論述相搭調。

二、詩觀非詩

比起七、八〇年代或再早一點的（新世代）詩人，九〇年代以來（特別是九〇年代末）的新世代詩人顯然很少喊口號或較少有喊口號的機會。偶爾有傳播媒體為他們預留篇幅，要他們抒發「對詩的看法」，也是表現得生澀靦腆。有人認為這是他們的「幸運」，因為「寫詩本是私密的情感表達，詩觀這事究竟也是個人主張，未便扞格。可是在特定的文化情境下，群體認同往往籠罩了個人的詩觀，使得千差萬別的個體只得接受空泛的口號式詩觀，研擬一套『新世代』的屬性，以抗衡其他世代。比如強調一切『新』的：都市詩、政治詩、科幻詩、生態詩、臺語詩、大眾詩、文類泯滅、多媒體概念，張燈結綵地召告天下：『我們敲我們自己的鑼打我們自己的鼓舞我們自己的龍』。當中不見得有壟斷的情形，但顯然是壁壘分明的。沒有出聲的『新世代』，也就等於默認了」，而現在後出的新詩人的「詩觀沒有被大敘述概念化，可以左一種詩觀右一種詩觀，從不同的角度顯現自己，就立體得多」（見鄭慧如，2000）。論者這樣的觀察和慶幸方式，未必「公允」；畢竟這些新世代詩人大多年紀還輕，可能尚未形塑出一種可以大力推銷的詩觀，也可能還沒有機會結引同夥而聲氣相通的張揚相關詩的主張。因此，要說他們比先前的詩人幸運並預期他們有更寬廣的發展空間，顯然是論斷下得稍早了一點。

最近幾年網路文學興起，許多新世代詩人紛紛進駐網路這個新舞臺而要大顯身手一番，他們看準「網路的去中心的作用力，將挑戰以副刊為主的文化主導權」以及「隨著作者發表空間的大

幅擴張，被文學副刊守門人企劃編輯所排擠的作品，將可以在網路找到生機」（須文蔚，2003a：139引）；只是「部分詩人拒絕加入既有的同仁詩刊，保持一種獨立和孤絕，但始終沒有具體和完整的文學主張出現，無法進一步凝聚團體向心力」（同上）。換句話說，新世代詩人的興趣大多還停留在「創作」上，至於背後用來支持創作的理念或信念，就有勞日後再去尋找或創發了。雖然如此，近年《臺灣詩學季刊》特別製作了一期「新世代詩人大展」專號（第30期，2000），網羅刊載近六〇位新世代詩人二百多首詩作，並且提供空間讓他們陳述「詩觀」，卻也逼出了一點他們所能想到的對詩的看法。這正好可以藉來「先行」檢視，以便導出或對照後面的論述。

整體看來，新世代詩人的詩觀不論是否嘗試在回答諸如「詩是什麼？詩可以寫什麼？詩有什麼用？詩要怎麼寫才好？詩的形式、韻律、主題等相互之間如何呼應」等問題（相關的歸納討論，參見李瑞騰，2000），都（普遍）還不盡能區分對象論述和後設論述。如「欣賞從生命開出來的詩，而不是僅剩策略的文字遊戲，相信詩的魅力來自於默化，而非宣示。一但有強烈的詩感，就毫不猶豫與人分享」（李眉，頁92）、「寫詩的時候，常常是先有了一個想表達的主題，再從內容上去發揮。有時是因為一個自己也說不明白的剎那，有了一個句子。句子勾引出更多的句子，一種無意識的犯罪行為。寫詩要莽撞，不然，靈魂很容易就生鏽了」（孫梓評，頁185）、「作詩的技巧上認為一個詩人可以勇於嘗試各種可能：創新的、復古的、顛覆的、守舊的……

原來是應該要主張『出奇致勝』的，但奇如果成為一個慣性，反而變成正了；所以我以為對詩技巧的運用應奇正相參，正如詩人毋須老是穿同一色系的衣服」（吳東晟，頁205）、「最初，我總是想鋪陳一首詩，以為可以仿調酒一樣搖晃字句、節奏，然後醞釀出什麼。但每回我總是哇一聲發現，與其說是我寫詩，不如說我的手足被詩攤開，或者我的頭皮被詩深淺不一的削進」（Lee，頁219）等，在這些論述中，第一級序的「詩本身」被遮掩了，只存第二級序的「詩感」或「寫詩」或「作詩」，變成「空」逗意見，猶如無厘頭般的戲耍一番。由於不能或不知在對象論述上有所發揮（為詩本身作界定或再行創發），而一下「跳」進後設論述的範疇裡（而又無法有效或完密的論述下去），導至遲滯了新世代詩人詩觀的理論化或體系化的建構（如果必要的話），也妨礙到新世代詩人晉身為文壇的「意見領袖」（如果需要的話）。換句話說，新世代詩人如果不能強化自己的思辨能力，只憑著近似「直覺」的發發議論，想要學前行代詩人「登高一呼」而再領風騷，是不太可能的事。不過，話說回來，新世代詩人也許不在乎這些「時譽」，他們自有一種「隨興」或「任意」的生活方式，外人毋須教他們過得「太沉重」。

沿著後面這個論點再深入一點考察，新世代詩人的詩觀又呈現了一個普遍性的「特徵」：非詩。「非」在這裡是動詞，有「否定」的意思。而所謂非詩，是指否定先前被詩學流派所形塑而成的詩觀。如「到現在我仍是一個懷疑論者……我的詩永不會有答案，只不過是像小學生不斷舉手發問的過程罷了」（李進

文，頁18~19）、「我曾聽人說過，詩是活過、愛過、掙扎過的痕跡。但我相信，詩也可以是逸離時空的證據。所謂『逸離』，可能是神遊萬里，思接千載，不為一時一地的見聞所限制；但也可能是活在自我營構的幻境之中，忘記今生今世斯土斯民，唯詩意美感是問」（唐捐，頁57）、「很少是因為什麼『創作觀』而去寫的，至少在一開始，至少在還年輕的風花雪月裡，至少在不記得的那一年，在早已遠颺時空裡的那白紙上……我寫下了第一行詩句……只是寫了，寫得多的時候會想，該寫點不一樣的了；下次換這個題材試試，下次寫那種語言吧！就像每天想要新鮮的感覺，為房間擺上一束鮮花，整星期穿著辣妹裝上班，想到時卻T恤牛仔亂跑；偶爾會想寫那種無厘頭的東西，那也是生活。對我來說，處境裡的現實，處境外的幻想，都是生活，都是創作」（侯馨婷，頁114）、「文學不應該有流行，或者經典的標籤。文學和或坐或臥的人們一起，就算末日來臨也不退卻，沒有什麼是文學一定的模樣。超越性別，超越空間，超越時間，超越種族……『超越』是人的本能，就是文學。詩啊，原是生命和生命的對白」（林怡翠，頁177）、「唐宋已遠，現代詩的流向若隱若現，所謂詩壇到底是一種意識形態還是一種威權宰制？我們這一代人其實很難去插手這一類已近乎腐壞的煙硝。對於傳統的所謂詩界，我們仍然有所嚮往卻已不再迷戀，因為詩不再存在於所謂主編、評審，或者大老的手中，詩在我們自己的鍵盤下飛馳。關掉電腦螢幕，我不是什麼出名的詩人，但我也寫詩，也和一群網路上的詩友，快樂地爭論彼此的詩觀」（鯨向海，頁198）等，這

不論是有意還是無意，都表明了沒有一個「新詩」流派（包括寫實主義、浪漫主義、現代主義、後現代主義、女性主義等等）的理論束縛得了他們（而前面所點出的「空逞意見」，在他們原來就是沒有什麼「詩的實質」可說）；他們要的是驅遣語言的自由以及穿過他們自己所編織的語言簾幕所遭遇的種種情感的凌轢和波動。這是他們參與生活和求取歡悅的極致，此外他們無法（不必）自我「寄望」，別人也無從對他們多所「寄望」。而這種「非詩」的詩觀，從另一個角度看，無異也在為更多元的詩學探路（而不盡是停留在非議舊流派的階段）；至於能否「成功」，那就有待他們後續的努力了。

三、語言/遊戲

以目前的情況來看，新世代詩人對於寫詩這件事的看法，約略可以說是非嚴肅性的，也就是不像寫實派那樣「為人生而藝術」或浪漫派那樣「為藝術而藝術」或現代派那樣「為現代人尋找精神上的出路」或後現代派那樣「為重開人類文化的新版圖」或女性派那樣「為喚起歷史上缺席的女人」；他們毋寧是還耽溺在嬉遊的氛圍裡。所謂「在靈魂裡跳躍，在生活裡結晶，詩這樣的文學形式，是自由和拘束的綜合體。我喜歡寫詩，因為寫詩讓我覺得快樂，覺得自在。文字的轉折和想像，被應允了最大的想像空間」（劉叔慧，頁88）、「創作好比瓦普飛行，最有趣的部分自是途中空間扭曲摺疊的過程。能夠說些什麼感想之類，已是抵達目的座標、一切結束之時。將詩觀闡明，也恐怕僅是一剎那

的想法。也許正因為執著無止盡的航行，才能一直偷窺空間扭摺纏繞的驚美風情吧。至少目前我還沒有下錨的念頭」（林群盛，頁95）、「或許是罷，對文字太強力的介入是會弄巧成拙的。對文字我一向不是非常具有把握和信心；更多時候我會像脫線版的神農氏嚐到了好吃的藥草就一股腦兒塞進藥壺裡……我可以體會得到自己詩的漂移和傾斜。因此，可能也無法察覺很多時候，我只是以精神上的滿足在對自己的詩自慰而已」（洪書勤，頁157）、「一種私人的而又開放的語言，我寫詩。一種欲語還休，我寫詩。一種天真的任想像奔馳，我寫詩。一種你可以了解我又看不太清楚的方法，我寫詩。詩，是我慣有的語言和執著；讓我以這種方式，愛你」（廖之韻，頁171）等，都不脫童稚遊戲取樂的體驗或想望，而以語言世界為他們所盡情馳騁的場域。

其實，這種語言遊戲觀，在先前的語用學和形構主義（包括結構主義、後結構主義、解構主義等等）的理論裡已經被強調了，只是彼此的內涵略有不同。在語用學方面，把語言當作是一種交互影響的行為，是一種遊戲；在遊戲中，說者和聽者都直覺地領會到自己的語言團體的規則和雙方所使用的策略。因此，說者難免會利用語言遊戲來達成某些目的（如誘騙、說服、誇耀自己的才能，博取尊榮或敬重），而聽者也會尋覓可以遊戲的空間給予某些回應（如挖苦、諷刺、譴責說者的缺陷，瓦解對方的權威性或神聖性），以至這種遊戲可以無止盡的進行下去〔參見法爾布（P. Farb），1990：1~4〕。而在形構主義方面，把文學創作看作一種語言遊戲，它基本上是襲自維根斯坦（L. Wittgenstein）

的講法：「『語言遊戲』一詞是為了強調一個事實，就是語言是一種活動的組成部分，或者一種生活形式的組成部分」（維根斯坦，1990：14），但它的理論基礎還在於創作者（主體）失去了對作品的主宰權：首先，「一部作品（文本），固然是由某個作者執筆寫成，但在從事寫作時，作者的意識形態和社會成分都會寫入作品之中；那麼作者的個人性顯然遜於他的社會性。他的思想、信仰、價值觀等等都是屬於意識形態的範疇，而這些理念的表達也跟作者所處的社會架構和經濟狀況息息相關」；其次，「文學表現的風格和成規，進一步說明了作者並非信手拈來皆文章——事實上，文學成規主宰著作者觀念的表達模式。一個作家，任他再怎麼前衛，總得依憑他的社群同僚所共知的成規，他的語言表現才可解」；再次，「就詮釋學的觀點來看，閱讀行為隱含著作者和讀者的對話，而讀者的詮釋權宜性很大。也就是說，任何詮釋者都不宜武斷地聲揚他的權威，因為作者原始的意義已經不得而知」（蔡源煌，1988：249~250）。換句話說，「文本本身就具有多重空間，多種管道，並納入各式文體，它的繁瑣性攻破了作品擁有作者單一聲音的說法。此外，一般文本由於受底層文化結構限制，無論是思想，或是用詞遣句，都是取決於預先依特定結構或思想意理編排好的文化大詞典；因此，每一篇『文章』不過是由無數引句堆砌而成罷了，作者也不過是剪貼匠或拼圖工，更不可能表達一個有創意，或是一個特定絕對的信息。相反的，文章因為不是封閉完整單一的個體，它的開放和多元性，為讀者提供了無窮盡的詮釋孔道」（呂正惠主編，1991：

88~89）。更有甚者，「德希達堅持認為，作者寫作是一種製造『蹤跡』的活動……寫作具有非復現性，它不是作者內心情思的語言表達。『寫作是撤退』，是作者透過寫作並在寫作中『撤退』。他不斷使文本和作者自身的言語疏離，讓言語獨自說話，並由此獲得言說的全新生命」（王岳川，1993：105）。這樣文學創作就不只是「零度寫作」而已〔「零度寫作」是巴特（R. Barthes）早期的文學觀，它指的是一種「直陳式寫作」或「新聞性寫作」或「中性的寫作」或「純潔的寫作」。見巴特，1992：57〕，它已經變成純粹的「意符追蹤遊戲」。而這又跟維根斯坦的講法有了天壤之別（維根斯坦所說的語言遊戲，是指雙方根據某些完善的規則相互作用的言語活動，少不了參與遊戲者的「意圖」；而這在德希達那裡幾乎全被否定掉了），也跟語用學家的觀念大異其趣（參見周慶華，1996a：157~159）。上述的（語言）遊戲觀，多少都帶有目的性或刻意性（也就是嘗試要改變人使用語言或文學創作的觀念），語言仍免除不了要有所「擔負」（即使如形構主義可以否定作者對作品的「意圖」，但仍無法否定作者對社會的「意圖」；因為形構主義的實踐處，就是要推翻政治上的權威宰制和解除形上的束縛以恢復人的自由。參見廖炳惠，1985：15~16；李永熾，1993：282~284）；而新世代詩人所認知的（詩）語言是不需承載什麼的，它就等同於非上述性質的遊戲論（可以用斜槓銜接成：語言/遊戲）。這種遊戲是即興的、短暫的，而且可以隨時更換戲碼的。

本身是新世代詩人，也勤於耕耘網路文學的須文蔚，他在考

察網路詩創作時，發現多有「突破」傳統詩創作的例證，如「新具體詩」（結合文書排版、繪畫、攝影和電腦合成的技術，強調出視覺引發詩的思考）、「多向詩」（詩文本利用超鏈結串起來，讀者可以隨意讀取）、「多媒體詩」（網路詩整合文字、圖形、動畫、聲音等多種媒體，使它接近影視媒體的創作文本）、「互動詩」（網路詩的寫作配合程式語言，如利用CGI或JAVA，文本就不僅具有展示功能，它還具有互動性，可以讓閱聽者參與創作的行列，形成創作接龍的遊戲）等等（須文蔚，2003a：52~58）。在這裡，語言幾乎全失去了指涉作用，它跟遊戲機（電腦）一起共構遊戲，狎弄人心。新世代詩人既然也迷上了網路這個表演舞臺，就不可能像以前的人那樣真心而嚴肅的對待語言，他們終究要在一個不確定起點和終點的遊戲場域裡討生活。

四、囈語/獨白

由「博」返「約」，以《臺灣詩學季刊》所載那些新世代詩人的詩作為例，一探新世代詩人到底喜歡什麼樣的把戲。上面提到新世代詩人寫詩，普遍不再有道德負擔或文化使命感，那麼他們又執著了什麼？也就是說，遊戲（玩）也是一種執著，新世代詩人總有他們所喜愛的戲碼，就近加以探討，也許可以避免誤發「隔離」禁令或濫施「虛無」譴責。

大體上，新世代詩人特別鍾情於獨白，如「一種自我的爆裂/燈/摘除自己的眼睛/不再凝視/被閹割的地球/我是閹割了的地球上/一個被強迫買燈的孩子」（李眉＜買燈＞，頁92~93）、「挪

開一簇簇植物我艱澀的游動，在綠色冰冷的耳語中（不太了解這些植物所表達的是譏笑或驅逐）我完全不知道要向那葉笑聲走去……它們竟如此相似……/最後是風挽著我的影子我的影子拽著我走出了這片綠色的嘲弄聲；我回頭時仍然看到它們細長的手臂揮動著濃郁的喧嚷；前面是一條懸空的小路，一旁是巨大的樹叢/路上幾乎什麼也沒有/路上什麼也沒有/路上沒有什麼」（林群盛＜旅，零光度＞，頁96~97）、「鏤空的城市/是不能寫進任何憂傷的/程式/我們敲入標點/句號是誓言的圈套/，用來填補我們愛情的傷/下午五點的天空/出現一白色的/破折號──」（木焱＜另一種城市＞，頁152）、「結痂的日子/暴風雨中打濕的信仰/還有多少牲品靜候被吞食/下一場急性腸炎來臨之前/我們就是這樣/排泄了神」（鯨向海＜精神狀態＞，頁199）、「一端向光，一端向/泥濘的動物園/我的味蕾足夠負載/數次方的憂鬱/穿過甬道，猿猴們激動地/拍打牠們酷似人類的/頭蓋骨/馬車正在融化/我必須以更緩慢的速度/等待一個充滿南瓜和老鼠的樂園」（楊佳嫻＜或者不相愛＞，頁223）等。這不屬滲雜音，也不預設接受者，只是恁地一逕面對自己發聲。我們知道獨白相對的是對話，而對話是指人和人的交談，它是「開放性的，沒有固定程式的談話」（參見孟樊等主編，1997：215），或是「一種平等、開放、自由、民主、協調、富有情趣和美感、時時激發出心意和遐想的交談」（參見滕守堯，1995：22~24）。此外，還有基於不同的立場而選擇對話的方式，如托多洛夫（T. Todorov）為了批判教條論批評家、印象主義批評家、歷史批評家、內在論批評家、結構主義批評家等禁

止跟文學作品對話、拒絕評判文學作品所闡述的真理而倡導一種「探索真理式的對話」（托多洛夫，1990：184~185）；又如曼紐什（H. Mainusch）為了對抗系統美學的僵化形式或獨斷式真理觀而提倡一種「懷疑論式的對話」（曼紐什，1992：36）。後面這些多少都源於古希臘時代所見的為某一真理反覆論辯的對話傳統〔參見柏拉圖（Plato），1989；周慶華，1999b：42~44〕。有人曾將這一對話方式，細分為「辯證式的對話」和「互補式的對話」兩種類型：前者是採取辯論的方式去認識真理，從而挖掘事物中潛在的可能性，並達到它各自的對立面（真理）；後者是參與對話者圍繞著一個共同的話題，共同貢獻出自己的智慧，逐步接近真理（蔣原倫等，1994：199~205）。但以上這些似乎都不是新世代詩人所感興趣的。新世代詩人喜歡「自己說了算數」，不期待知音，也不在乎回響；自然沒有在詩作中「安排」一些異質的聲音。

　　換個角度看，對話本身實際上也是一種獨白；它被稱作「自我辯證的戲劇性獨白」：「（哈伯瑪斯所謂）理想的對話情境預設了對話的兩造並立於對等的發言位置，在一個沒有扭曲壓迫的溝通脈絡中透過符號互動達到彼此的相互理解，進而形成『共識』。然而，詮釋學大師伽達瑪揭示出『對話』更深一層的『精神』，對話的『主體』不是兩造的對話者，而是對話本身所欲展現的『主題』或『真理』，一個黑格爾式的『理念』。對話的重點不是對話雙方彼此的溝通交流、相互理解，而是一個黑格爾理念式的『主題』透過對話雙方的正反立場進行自我辯證的戲劇性

獨白。這是自柏拉圖對話錄以降，主宰整個西方思考模式的『辯證法』。所有的『對話』都是一種『辯證』的獨白，通過相對差異的發言位置而到達普遍絕對的理念。法國科學哲學家瑟赫指出：『辯證法使得對話的雙方站在同一邊進行，他們共同戰鬥以產生他們所能同意的真理，那就是說，產生成功的溝通。』『這樣的溝通是兩個對話者所玩的一種遊戲，他們聯合起來抵制干擾和混淆，抵制那些貿然中斷溝通的個體。』凡是在溝通傳播的過程中造成干擾阻礙的現象，瑟赫稱之為『雜音』，中斷溝通傳播的個體，則稱之為『第三者』；只有設置一個『第三者』作為共同敵人，兩造的對話才能並立於同一陣線，成為秉持同一『共識』的『我們』」（路況，1993：32）。但新世代詩人所喜歡的獨白卻搆不上這一類型，它反而更像囈語：「焦躁的母雞拉起牠的提琴關於/未來快速滋長的綠林我們/伸出七隻手指朝向不清楚/流動著的羊、馬以及魚充血的眼睛」（王信＜概念詩派宣言第一號＞，頁118）、「翻遍了櫃子/發現：只有咀嚼才是唯一的真實/烹調欲望。吃吃吃吃，烘焙夢想/吃吃吃吃。吃掉一間屋子一條道路。吃吃/吃吃。吃掉日出，吃掉饑渴的，厭惡的。/吃掉餅乾。嗝眾的口水。一本書」（孫梓評＜如果敵人來了＞，頁189）、「沒有固定的原則/決定下一步是左腳還是/斷折的翅膀/恨意不曾真的發生/唯獨愛，不斷有機培養/眾多畸形的獸」（翰翰＜世事＞，頁193）、「沒有做愛也沒有我的小/說像老鼠活著的時候也做愛/後來也死了的老鼠的所以女/孩子們湊巧都走了她們熱愛/死底的高潮做愛時呼吸困難/我的小說並不它把我放在牧/場的山上在冬

天我以幽靈姿/態出現喃喃著咬去眾人的耳/朵於是她們缺乏敏感缺乏能/力戰慄做愛時很激烈但沒有/淚流下並不時催促地說著喜/歡頭仰永遠四十五度否則就/倒立練瑜珈於是她們消費一/本小說充滿動人的字眼做愛/和死的字眼而我的小說並不」（Lee＜我的小說並不＞，頁220），這已經遠離清醒時的告白，而戛戛乎接近夢話了。既然是夢話，也就毋須大費周章（或不識趣）的去為它尋繹條理，不如讓它「如是」的存在著。

五、只是要說

　　詩人瘂弦曾經為鴻鴻的詩集《黑暗中的音樂》寫序，說了一段不知是憐憫還是羨慕或是嫉妒的話：「他們（指鴻鴻和其他年紀相仿的詩人）來時，好像所有的爭辯都發生過了，也似乎所有的問題都解決了：他們面對的，是一個問題最少、最小的時代。他們不需要作二〇年代的社會改革家、三〇年代的抵禦外侮的戰鬥者，也不需要作左翼文學的宣傳員、鄉土文學的農村代言人，而對後現代的種種理論實踐也沒有比他們年紀稍長的詩人那樣執著。是的，過去飽經痛苦折磨的詩人，已經為他們打開了一個廣闊的文學環境，所有的壓力好像都不存在了；除了寫詩，別的好像不能證明什麼了！其實，就是連寫詩也彷彿不能證明什麼，只要去『過』一首詩，把詩當作一種生活方式，擁有它，享受它，而不為它所役」（鴻鴻，1990：瘂弦序13）。新世代詩人看了這段話，不知會作何感想；但我猜新世代詩人多半不會認同籠罩在他們上空的陰霾，已經被前行代詩人「代」為掃除了。現實環境

的詭譎不定、資訊科技的瞬息萬變、生活步調的凌亂失序、身家性命的缺乏保障以及人生前途的未見著落等等，都會讓他們難以消受。他們不必試著去揣摩前行代詩人所感受的苦難，已經一頭栽進時代昏濁急漩的污水裡，掙扎著要呼吸；這是一種比前行代詩人的遭遇「有過之而無不及」的充滿著失落、焦慮、不安、苦悶等成分的另類苦難！因此，寫詩只是為了發出聲音，一圖短暫的快感，也藉機排除茫茫人海中無處攀援的寂寥。

「只是要說」，就像他們所表達的詩觀一樣。所以像「詩言志」（須文蔚，頁37）、「詩觀？安身立命而已」（陳耀宗，頁121）這樣「籠統含混」的話，或像「為自己劃定疆界的人，永遠無法成為偉大的王……是的，我們需要開疆拓土的將軍，不是坐享領地的王」（紀小樣，頁61）、「我不是什麼詩人。在這個作『人』——真正的『人』——都十分艱難的時代，作『詩人』未免是太過遙遠的夢……所幸自己還保有追求進步的一大誘因：讓這些寫作成為『真正的聲音』，吾願足矣」（楊宗翰，頁162）這樣「前後矛盾」的話，或像「擁有激情的人有福了，但如果他只是成為一個不為任何什麼的木匠」（林則良，頁53）、「詩是一種語言習慣的創造，另一種溝通方式的可能」（王信，頁117）這樣「不知所云」的話，或像「啊！／嗯——／唰唰唰——／唉——／噠、噠、噠……／嗚——／滴滴滴……／咦！／嘿！嘿！嘿！／哈／一首詩的難度及剖腹、倖存」（邵惠真，頁71）這樣「諧謔俏皮」的話，都只是在「證明」他們不甘寂寞而（像寫詩一樣）去佔個舞臺吶喊一下，表示自己還存在著。面對這種

現象，大家何必「緊張」？他們會成長，詩觀會改變，寫詩的策略也會調整。現在他們只能「這樣」，大家除了正視（甚至設法協助他們廣開發展空間），還能奢望他們什麼？至於新世代詩人們如何契入本脈絡所擬議「創新」類型作品的行列，那也是他們在未來「羽翼豐滿」後所不可避免要一起納入思考的課題，這就不需多說了。

第六章　後臺灣的歷史文學提倡途徑

一、歷史文學：一個文類的呼喚

　　從上個世紀九〇年代以來，由於電子資訊社會的發達以及文學為評論或文化評論所代替，導至「文學已死」的悼亡論調蔓延（參見蔡源煌，1991；鄭樹森，1994）；但不意在十年不到的工夫因著「網路文學」的興起而又被人樂觀的期待著（期待文學找到更寬廣的空間發展。參見董崇選等，1999；林淇瀁，2001）。同時在另一股後結構主義思潮出現所宣告的文學都是「政治性」或「互為文本」的而沒有自己的獨特性〔形同文學的死亡。參見伊格頓（T . Eagleton），1987〕之後，文學又常以「變形」的方式在固守著原有的寫實傳統；諸如愛情文學、成長文學、政治文學、女性文學、科幻文學、武俠文學、後殖民文學、都市文學、旅遊文學、醫護文學、佛教文學等等不願讓「文學」消亡的新類型重新在文壇上竄起（詳見孟樊等編，1990；鄭明娳主編，1994a；林燿德編，1990；鄭明娳主編，1995；呂應鐘等，2001；鄭明娳主編，1994b；王潤華，2001；東海大學中文系編，2000；輔英技術學院人文教育中心編，2001；周慶華，1999a），標榜著文學不需有被迫「退位」的疑慮，以至人們又歡忭的相信文學應該也能夠走出自己的道路。這就顯示著文學終究得「敗部復活」的命運；而每一個可以促使文學「新生」的文類，都變成了必要呼喚的對象。

　　臺灣近年來所見「歷史文學」的倡議，又何嘗不是這一波呼喚文類的熱潮中的一個點子？換句話說，文學的「新生」是以文類的呼喚為前提的，每呼喚出一個新的文類就保證了文學的存活率；而「歷史文學」從無到有或從模糊到清晰，正是為文學得以發揚光大（也是一種「新生」的方式）而盡的努力。它的修飾詞「歷史」是一個視野的開拓，也是一個規模的量變；而它所要接續或希求的，既是文學的權力又是權力的文學（前者是指文學的主導權；後者是指文學的散播權）。後面這一點，似乎有要抹煞歷史文學倡議者為「新生」文學所投注的心力；其實不然，當歷史文學的倡議還有內在因歧見而導至裂變以及每一個倡議者最終都互不妥協時，就可以看出大家極力呼喚這種新文類所要的已經不只是文學，此外還有支配力。因此，窺探了歷史文學倡議者為「新生」文學的用心後，再透視他們深一層的權力慾，恰好為這類召喚文類的舉動有一更完整的了解。

　　雖然如此，倡議歷史文學的現象未必是有一「量化」的數據可以依憑，它只要有這一議題的存在或即將有這一議題的擬定就可以算數。這時所謂的「內在歧見」以及「倡議者的互不妥協」等情況，就以「理中合有」而預作設定。而我個人所以能夠預見這樣的結局，全因有其他文類的存在「無不如此」的經驗作為類推依據的。倘若這種預見失敗，所損失的只是有關特定的歷史文學的論說（也就是有一種特定的歷史文學是不符合本論述所指稱的），它仍無妨可以在理論上取得一種「衡鑑力」或「前瞻力」的地位。換句話說，今後如果有不同意涵的歷史文學的倡

議出現，那麼我個人的預見就會持續生效，而本論述也將成就一種「後設知見」或「先見之明」；相反的，如果少了這種理論建構，一旦發生上述所假想的歧異現象，我們就無從理解評估它的原因及其可能的後果，屆時所見的損失恐怕會遠甚於前面那種情況。

二、歷史/文學/歷史文學的進層思考

這裡所以決定以理論建構為主而不依實證研究的路數去考察相關案例的實踐情況，主要是相關案例的實踐到目前為止仍然在寫實傳統裡尋求出路，還跨不到現代主義、甚至後現代主義的領域，自然無法藉來「撐起」一個理論架構；只好直接從後設論述的角度切入，一一辨析各種「可能」的狀況，以便可以預期歷史文學繼續存在所該有的「進境」或「走向」問題。換句話說，在這裡論述的重點是擺在歷史文學的「前景」而不是歷史文學的「舊況」；它實際上以邏輯推演為方法論基礎，而不在乎有沒有「實例」相印證。這就得從歷史文學這個概念的存在及其曾被賦予的意義談起。

大體上，歷史文學這個概念是晚近才出現的。在中國大陸方面，廣州花城出版社於1983年編輯並出版了一份《歷史文學》的刊物，就在提倡歷史文學了；而在臺灣方面，近年來也有佛光大學積極的在舉辦相關歷史文學的學術研討會。前者所刊載的主要是以歷史為題材的長篇小說、中篇小說、短篇小說、電影文學、電視劇本、故事新編、詩歌、戲曲等文學作品，並以一定篇幅發

表探討歷史文學的創作經驗、評論歷史文學作品的文章和小品、隨筆等。此外，還設有歷史文學名著選讀、譯作和評論的專欄。後者則「嘗試」的性質居多，目的在追問歷史文學的存在樣態及其創作的途徑（就以2002年佛光人文社會學院所舉辦的「第一屆海峽兩岸歷史文學與歷史文學創作研討會」所定的討論範圍包括「歷史和文學的跨學科省思」、「歷史文學作品要如何創作」、「中西方傳統上成功的歷史文學作品的分析和探討」、「歷史劇的本質的分析和討論」、「歷史劇的文述性和演述性的探討」和「海峽兩岸關於歷史文學的定位及作品創作的對話」等為例，很明顯的是要把歷史文學當作省察和可以開發的領域而進行思辨，實際上則不確定會有什麼成效）。雖然如此，前者的旨在「弘揚反映歷史真實、具有文學特徵的歷史文學，借古鑒今，以生動活潑、多姿多采的歷史文學給廣大讀者以歷史知識和真、善、美的藝術享受，向廣大的讀者進行愛國主義教育，以促進社會主義現代化建設的發展」（天津人民出版社主編，1994：7452），已經侷限於寫實傳統而難出新意；而後者既然還在探路中，也就無所謂「定局」可以考察評判，以至有關歷史文學究竟是否具有文類上的意義（也就是能否成就一個獨特的文類），也就不能無疑了。

我們知道歷史文學是一個複合概念，它所從來的「歷史」和「文學」概念，光在近一個世紀就歧見迭出。如「歷史」部分，就有傳統史學的「反映特定史實」說、新史學的「反映廣泛史實」說和新歷史主義的「文本化史實」說等不同見解〔參見海斯

翠普（K . Hastrup）編，1998；勒高夫（J . Le Goff）等，1993；柏克（P . Burke），1997；艾坡比等，1996；詹京斯，1996；亨特（L . Hunt），2002；楊豫，1998；王晴佳等，2000〕；而「文學」部分，也有前現代寫實傳統的「模象」觀（文學在模擬或反映現實情境）、現代新寫實傳統的「造象」觀（文學在創造理想情境）和後現代反各種寫實傳統的「語言遊戲」觀（文學只是一種意符的追蹤遊戲）等相異主張〔參見韋勒克（R . Wellek）等，1979；伊格頓，1987；科恩（R . Cohen）主編，1993；蔡源煌，1988；張首映主編，1989；朱耀偉編譯，1992；周慶華，1996a〕。依此類推，如果還有「新見」產生，那麼它們的組合不啻可以有無限多種：

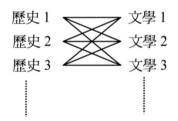

然而，當今倡議歷史文學的人可有意識到這種「複雜」性？顯然沒有（如果只從前面所舉那些「案例」來看）！這就會影響到跟歷史文學有關的論說所能取得學科上的地位。也就是說，一般倡導歷史文學的人，多半僅就「歷史」所可以發揮的限制詞的功用在立論，而將「文學」視為不證自明的先在物；但「歷史」和「文學」這兩個概念既然眾說紛紜，將它們組成「歷史文學」時不但有多種的組合法，而且還使得「歷史文學」可以有的涵義遠

超過「歷史」和「文學」可以有的涵義的總和（如上述簡圖所示）。這麼一來，論者又要如何定位他所持的「歷史文學」（確有「意義」可說）？而我們身為讀者的又能遵循什麼途徑探測到該「歷史文學」所能「前進」的向度（以展現「歷史文學」這種文類存在的必要性或優位性）？很明顯的，這一切都還在混沌狀態中，需要進一步加以釐清，才有可能談論相關「展望」的事。

三、歷史文學的虛擬性標記的確立

換個角度看，事情也未必得像上述那樣自我複雜化。理由是「歷史」和「文學」概念都是人定的，它們的涵義分歧現象也是人為的。因此，所謂的「歷史」和「文學」組合成「歷史文學」有無限多種只是在理論上成立，實際上沒有人能夠也未必要接受這樣「支離」或「分裂」的事實；最後還是會以「堅持其中一種說法」收場。但這並不是說所堅持的說法就可以解決相關的爭議問題，而是說這種堅持正好暴露出另一個重要的問題：也就是大家為什麼會有這樣的堅持？對這個問題的釐清，無異於要直探核心而一舉揪出「歷史文學」的存在「根源」。

這一點，首先可以比照當代言說理論的講法而把它定位在意識形態的實踐及其權力意志的發用：就是任何一種言說都會隨著該言說在它裡頭成形的各種制度設施和社會實踐的不同而有所不同，也會隨著那些言說者的立場和那些被他們說教的言說接受者的立場不同而有所不同。換句話說，言說是社會的，是意識形態的實踐，最終要遂行言說者的權力意志〔參見麥克

唐納（D. Macdonell），1990〕。所謂歷史文學的倡議，也是類似這種情況。其次「文學」可以由人的限定而成立（以至有前現代的文學觀、現代的文學觀、後現代的文學觀等等）；但「歷史」作為文學的限制詞則要受到另一種「時間性」的制約，它的專屬於「過去事」的掘發以及「不在場」的特徵會比「文學」多一重困擾。換句話說，「文學」的存在問題只要透視深層權力的作用就可以理解；但「歷史」的存在問題卻得別為費心於掌握它的被「再現」過程。我們試為比較底下這兩段分別針對「文學」和「歷史」的存在問題而發的議論：「沒有所謂的『文學』這樣東西（按：指帶有普遍性的）；它是被特殊團體在特殊時期建構來服務特殊利益的。『偉大的著作』並未傳達有關人類生活狀況普遍的和永久的真理，而是被用來表示、維持和再製支配團體的意識形態，以維持那些團體的物質幸福。特殊的觀點因此而被文學轉化為普遍的真理。沒有一樣東西是一種任何文本都是『正直的』、無私的讀本；所有的文本在某種意義上或多或少都帶有理論的意味，所有的解釋都是特殊意識形態的產物」（撮自吉普森，1988：115~147）、「歷史是一種由歷史學家所建構出的自圓其說的論述，而由過去的存在中，並無法導出一種必然的解讀：凝視的方向改變、觀點改變，新的解讀就隨之出現……歷史是一種移動的、有問題的論述。表面上，它是關於世界的一個面相──過去它是由一群思想現代化的工作者所創造，他們在工作中採用互相可以辨認的方式──在認識論、方法論、意識形態和實際操作上適得其所的方式。而他們的作品一旦流傳出來，就會

一連串的被使用和濫用。這些使用和濫用在邏輯上是無窮的；但在實際上通常跟一系列任何時刻都存在的權力基礎相對應，並且沿著一種從支配一切到無關緊要的光譜，建構並散布各種歷史的意義」（詹京斯，1996：68~88），這都說中了「文學」和「歷史」所以帶非透明性或非客觀性特徵的因緣。但前者的意識形態/權力意志一經框限了「文學」，就不會再有別的問題；而後者雖然有意識形態/權力意志在框限「歷史」，也還無法祛除如此被框限的「歷史」在過去時間流上存在「如何可能」的疑慮。因此，這還得有一番的辨解，才能保證上述的「人定」和「人為」說的成立無礙。

　　基本上，這是一個想望經由虛擬而成真的問題。從整體上看，不論是傳統史學的「反映特定史實」說，還是新史學的「反映廣泛史實」說，或是新歷史主義的「文本化史實」說（詳見前節），都假定了有一客觀的事實存在過去的時間流上或該事實並無「外指性」的客觀性而僅由人為敘述這種「內指性」的客觀性存在於過去的時間流上；但它實際上只是在虛擬歷史家的想望而已：歷史家覺得歷史應該是「那樣」，所以才把歷史模塑成「那樣」，並且使它成為一個可以膜拜的對象。這種虛擬歷史，終究也能成真（虛擬本身的真）；但它不是「真實的虛假的近似」（就是一種退化的影本、擬像或太過完美的版本）或「一種真實的解銷或過度真實化」（就是真實似乎有點不足而虛擬性卻能使它完滿，就像眼鏡可以解決視力不佳的問題一般）或「真實的徹底解銷」（就是在當中人類可以從世界逃脫而進入科技

之中）或「藉由差異和非呈現所建構出來的」〔詳見哈洛克（C
. Horrocks），2001：77~82〕，而是純想望的投射使它成為「真
實」（歷史家自己認為的真實）。這種「真實」沒有客觀性，卻
可以因為經驗相似或背景相同的人的認同而具有相互主觀性。在
這種情況下，也就無所謂虛擬真實能否取代真實世界的問題〔因
為所有真實的認定都是經由虛擬的過程而來的。有關虛擬真實能
否取代真實世界問題的討論，參見格拉罕（G . Graham），2003：
157~172〕；更無混沌歷史學者所說的「隨機虛擬」的問題〔因為
隨機虛擬前還有一個真實在，而這個真實正如上面所指出的卻只
是虛擬的。有關混沌歷史學者所說的隨機虛擬問題，參見弗格森
（N . Ferguson）編，2002：導論1~102〕，一切都由權力意志的
發用和意識形態的實踐而決定了虛擬的方向。「歷史」的這種虛
擬性標記，在組合成「歷史文學」後，也得加在「歷史文學」身
上，而使得相關的討論可以無礙的從這裡來一一的展開。

四、虛擬性「通路」的散焦特徵

「歷史文學」所以要因為「歷史」的虛擬性而從此帶上相同
的標記，它還可以有意力克遜（E . Erickson）的認知論和德希達
（J . Derrida）的解構論等兩個「源頭」來遙相呼應。其中意力克
遜認為現實的認知有三個層面：第一為「事實狀況」，就是可以
經由觀察的方法和當代技術來鑑定、查對的天下萬物的事實、資
料、科技；第二為「真實狀況」，就是人對了解事實的意識和感
觸，所匯融於「事實狀況」摘要的見識；第三為「實際狀況」，

就是由親歷其境或由個人行為參與而得的知識。理論上是這樣，實際上事實之所以被認為事實，也不過是依賴於不盡完善的觀察力和不盡周全的鑑定工具而已。而真實狀況既是加諸事實狀況摘要的主觀見識，就不可能獲取合於「事實」的資料，也就沒有一個客觀標準作為確定其存在的依據（事實由於觀察力和工具、技術的改進而改變；真實狀況的「實質」，也就隨著新事實的出現而修正改變了）。至於實際狀況，涉及如何運用認知的方法和親歷其境以及參與所欲認知的事物這二者的交互作用；但這一體驗和原先的認知必然會有差距，以至難以辨認體驗和認知的孰是孰非（參見李明燦，1989：162~166）。依此類推，如果再加上歷史文化、社會環境、心理狀況等變數的制約（特定的歷史文化會拘限人的視野，殊異的社會環境會影響人的觀點，不同的心理狀況會左右人的判斷），那麼有關現實的存在判定就更複雜難料了（參見周慶華，1997a：127~128）。上述意力克遜的認知論，必須再加上該現實是以語言形式存在才可以作那樣的分辨（參見周慶華1994；1996a）；而那樣的分辨正徵候著現實只是人在虛擬使它成為現實，此外不可能有什麼客觀的檢證標準可以「瓦解」這種虛擬性質。

　　至於德希達的解構論則認為一般所以以為現實可辨，無非是基於西方長久以來賴以建立的一個形上學的根本信念，就是被認識的對象是一種「完全的顯在」。由於「顯在」這個觀念成了我們認識事物的基本前提和學說主張不證自明的假設，所以我們就無法看到另外一面的「非在」。「顯在」本身有在場、在眼前

的意思。它是個認識論的概念，所表示的僅僅是存在於知覺和精神中的對象，它的確切意義不是「現實」，而是對「現實」的確定。但由於對事物的確定是多種多樣的，認識主體不可能同時把握對事物全部的確定，總自覺或不自覺地選擇某些確定而排除另外一些確定。這些被排除掉的確定及未確定或不確定，都可以稱為「非在」（有不在場、缺席的意思）。而「非在」在西方哲學中，就那樣長期被埋沒了（參見孟悅等，1988：32~34）。德希達認為「顯在」本身為哲學及文學製造了一個中心論的說法（「顯在」就是認識的中心，而「非在」變成了邊緣）。「顯在」是「有」，但這個「有」事實上應該還有一個「有」作為純粹的前提，我們只是存而不論罷了。如果再向前推，勢必沒有止境。因此，目前這個「有」只不過是為彌補空缺的一個暫代物而已，這就是德希達所提出的「補充」的概念。「補充」是一種增補和替代，它替代了那個不知在那裡的「原物」。「補充」所填補的是「空白」（也就是它替代的並不是已有的東西，「原物」從未出現過）。「補充」因「匱乏」而起，但因為「補充」暗示了「匱乏」的內容，「匱乏」又因為「補充」才得到證明，所以「補充」和「匱乏」二者是相互依存的（同上，44~45）。這跟意力克遜的認知論可以相互「奧援」：也就是意力克遜的認知論如果遭受「非理性」攻擊時，可以援引德希達的解構論來回應而取得不敗優勢；反過來，當德希達的解構論如果硬要被拉回「原點」（也就是最早現實的判定）而質疑其「為何遺漏」時，也可以抬出意力克遜的認知論來反詰而不讓對方有可乘之機。但不論如

何，「歷史文學」都可以不必有這些論說的「附益」而一直維持它的虛擬特徵。畢竟意力克遜的認知論和德希達的解構論也是權力意志的發用和意識形態的實踐下的產物，而「歷史文學」早已在異時空中完成了同樣的儀式（也就是有無意力克遜的認知論和德希達的解構論等來印證都不關緊要）。

由上面這一點再「向前」看，當許多迥異主張的「文學」結合上各種不同的虛擬「歷史」所出現的「歷史文學」，就不再是一般人所想像的（可能的）那樣單一化及其可隨意記取性。好比底下這段話所「不當」示範的：「本文所討論的講史小說，是指以史實為核心的小說；它藝術化地融合事實和想像，在人物及事件的描述上有創新的發揮，但不違背眾所皆知的事實。這個標準，對本文的目的來說是頗為重要的。因為這樣一來，我們就可以除去像《水滸傳》等歷史真實性稀薄到不足以構成可資辨別的核心的小說；以及像《平妖傳》等裡面充滿荒誕幻想而蓄意不顧事實以至於容不下顯著的歷史背景的作品。但那些以虛構人物及情節為主的小說，只要想像的成分是合情合理的，足以為一般普通讀者接受為真實的話，就可以歸入這標準之內」（馬幼垣，1987：77~78）。這只知道有一種（自己所定的）「歷史文學」（講史小說）而不知道有多種甚至無數種（別人所定的）「歷史文學」（講史小說），不啻要把該虛擬性「私有化」；殊不知那已經罔顧了他人別為虛擬「歷史文學」的權益〔按：魯迅於《中國小說史略》中就把《水滸傳》和《平妖傳》列為講史小說（詳見魯迅，1996：108~118）；而上述論者卻批評它不夠精審（詳

見馬幼垣，1987：96），這很明顯是要以自己的意見凌駕在別人的意見之上〕。此外，任何一種「歷史文學」的虛擬都受制於權力意志的發用和意識形態的實踐（如上述論者就秉著「只有藝術化地融合事實和想像的文學才是歷史文學」這種意識形態在立論），並沒有什麼一定的審美特色可以記取；也就是說，它毋寧要回歸到原初虛擬者所抱持的意識形態及其內具的權力意志去結識該儀式，而不是僅在表面的象徵中確定它有所謂不變的性格。

依照這種情況，「歷史文學」既然是以「虛擬」為初結和轉化的機制〔按：初結部分，是指各人一次性的虛擬；轉化部分，是指容許有後出的二次性、三次性......等等的虛擬〕，那麼它勢必也要同時顯露出文體、文類、題材、題旨、技巧、風格、影響等散焦特徵。前者，是將一個未曾存在的（歷史文學）對象實在化；後者，是在面對各人有不同的虛擬需求時（如各為定出有關「歷史文學」的體性的標準、次類型的數量、取材的向度、主題的歸宿、表達的樣式、格調的趨勢、訴求對象的範圍等），所不得不成形的歧異現象。以至同樣一個「歷史文學」的稱名，就從此散點為許多甚至無數的實在化對象。因此，像有人所指出的對「史實」所該有的新思維：「正如尼采所提示的，並無所謂『純粹的認知』；認知本身就是一種詮釋和評價的活動，一種意義和價值的設置建構。因此，大家所認定的『史實』從來就不是什麼純粹的『史實』，而是一個意義價值界定的範疇。這個範疇，其實已形同一個崇高的『理念』；它不僅可以作為討論相關問題的依據，更能轉成指導行動、定位行動主體的最高價值體系。

而當大家在爭論誰所認定的『史實』才是真史實時,那並不是它更客觀或更真確,而是因為它更理想或更崇高。換句話說,史實的判定並不是認知層面上的『真/假』問題,而是價值層面上的『信仰抉擇』或『意識形態鬥爭』問題」(撮自路況,1993:122~123),我們把它擴及「歷史文學」領域,也就如同為這一場爭議找到了平息的藥方。

五、再塑歷史文學的理論及其實踐方向

在理論上,通往虛擬「歷史文學」的道路可以有許多甚至無數條,而使得「歷史文學」又以散焦特徵成為我們可以尋思的另一個重點。它(指散焦特徵)跟虛擬性構成了「歷史文學」的兩個面相,以至不得不有這麼一段理路要被「確立」:我們一旦仰體「歷史文學」的虛擬性,也就必須重視它的散焦特徵;反過來,我們只要發現「歷史文學」的散焦特徵,也就得承認它的虛擬性。由這一點出發,不論創作者是要謹守體現在已有某種程度定格化的史詩或傳記或講史小說或歷史劇這一次類型的寫作形態〔有關這些次類型的情況,可參見馬茨(P . Merchant),1986;莫洛亞(A . Maurois),1986;阿英,1988;趙如琳,1991〕,還是刻意別為標榜所未見的次類型而重開新局,都可以因而想像它的可能性。

同樣是在虛擬「歷史文學」,也同樣是在正視虛擬「歷史文學」的散焦特徵,我們還可以「致力」的地方,大概就是讓所虛擬的「歷史文學」具有高度的「歷史」的借鏡功能和「文學」

的審美價值。這在理論的形塑上，可以「應世需求」和「刺激文化新生」。前者（指「應世需求」）是考慮到「歷史文學」的存在不是為已經過去的人「服務」，而是希冀它所啟迪於現在或未來的人；後者（指「刺激文化新生」）是考慮到「歷史文學」的殊異色彩一旦彰顯，整體人類的文化也就有被注入活力或重為轉折的機會。因此，在具體的實踐上，就不妨有系譜學式的「歷史」的選材或布局準據以及基進式的「文學」的觀點或技巧取向。所謂系譜學式的「歷史」的選材或布局準據，是指相關作品的結撰方向是以啟迪今人或後世的人為原則的；它是以「現在」為立足點，為「現在」（或後世）寫出一部跟「歷史」有關的文學作品，而不是妄想於重建「過去」的某些情境。換句話說，這種寫作所關心的是人們經過了什麼樣的歷程而有「今天」的局面，或者以前的這段歷程裡有什麼因素的發生轉變可為「現在」的社會思維形式作參照（參見傅柯，1993），這在虛擬的過程中勢必要妥為「處理」，以免「例盡虛發」而「意義不彰」！

至於所謂的基進式的「文學」的觀點或技巧取向，是指相關作品的實際寫作是以突破規範為最終考量的；它是以前衛的作為掃除寫作的內在可能有的疆界（如「某一特定次類型作品的寫作」之類），然後再回頭權宜的守住寫作的外在可以有的疆界（如基於權力意志及其文化理想對於具有創新性或啟發性的寫作的召喚）（參見周慶華，1999c；2001a；2002a）。以上二者未必可以相融（有些時候可能會「顧此失彼」）；但不妨期待「造化手」的出現將它們彌合無間。而所謂「歷史文學」的理論及其實

踐方向的「再塑」工作，就可以姑且到這裡告一段落；再來就是
等待有心人勉為實踐印證了。

第七章　後臺灣的原住民文學

一、從一個「爭」字開始

　　這個世界上所存在的各種不平事，似乎都會引發受委屈者的反彈而積極於尋找宣洩口。正如韓愈在〈送孟東野序〉中所說的：「大凡物不得其平則鳴。草木之無聲，風撓之鳴；水之無聲，風蕩之鳴，其躍也或激之，其趨也或梗之，其沸也或炙之；金石之無聲，或擊之鳴。人之於言也亦然，有不得已而後言，其歌也有思，其哭也有懷」（韓愈，1983：136）。當中遭受壓抑的如果是弱勢者，那麼這種「疾詞鳴冤」的情況，就會更添一分悲愴。而所謂的反彈，說穿了也不過是要爭取自己想要或應得的權益而已；以至這類的情緒擾動和控訴行為，就可以從一個「爭」字切入來理解。

　　綜觀處於劣勢的人所以要「爭」，不外有兩個源頭：一個是內在的驅力；一個是外在的逼迫。所謂內在的驅力，是指每一個人所生存的環境都是一個權力場域，它在先天上就會驅使人從中獲取權力，以便確保自己的「存在無虞」；而所謂外在的逼迫，是指集體的暴力壟斷或破壞了權力的流動或平衡，而造成個別人或弱勢者的利益受損或生存艱難。這兩個源頭「匯流」後，會更凸顯「爭」的外指性；也就是片面強調外在的壓迫力（相對的內在的驅力就會被刻意包裝或隱藏起來）。我們看所有有關性別、階級、族群、國家等等的鬥爭，都是基於內外因素的雙重原理，

但鬥爭失敗而淪為弱勢的一方，在後續的抗爭中卻只會標出「反不公待遇」的訴求，而有意無意的掩飾自己原也想在相關的權力場域中「分沾好處」。如果說近二、三〇年來臺灣本地的原住民想改變自己的弱勢處境而不斷透過各種管道表達他們的不平之鳴，那麼這也得把它放在上述的框架中才能理解得深入。也就是說，所有的抗爭都沒有所謂的「神聖性」；原住民的爭權益運動一路走來雖然備嚐艱辛，但也無從自外於這一帶有普遍性的世俗訴求。

正因為所有的抗爭都沒有十足的理由來自我神聖化，所以它在抗爭過程中所標立的敵／我、強權／弱勢、剝削者／受害者等等二元區隔，也就缺乏理論基礎（只剩自我對它的情感的認同）。換句話說，敵／我、強權／弱勢、剝削者／受害者等等二元區隔，僅是為達反支配目的的手段，並不是真有這類絕然的對立存在（不然雙方就不會有階次、隸屬、互補等等現有多元相處的事實）；而反支配後所無法避免的「想成為新的支配」（參見周慶華，1999b：81～97），更會讓這種二元區隔反轉來「自我指涉」而使得它的策略性越發明顯。好比原住民長年以來所極力爭取的「正名」、「還我土地」（兼及「自治」）等權益（詳見謝世忠，1987；洪英聖，1994；洪田浚，1994；施正鋒主編，2002），雖然前者已於1994年正式列入憲法受到保障，但這類的反歧視、反剝削運動所隱藏的「自主兼新的支配者」的企圖卻容易被表面的激情所掩蓋。如原住民取得新的身分名稱後，它真正要區別的不是過去由漢人所污衊稱名的「番」、「山胞」等等，

而是當前由漢人所自我標舉的「漢人」、「中國人」等等;以至接著就會有以「只准稱我為原住民」的新的支配者姿態出現。這跟島內本土意識強烈的人士設法在國際上爭取「臺灣國」的法定地位是同一道理的,彼此無不是為擺脫某些舊體制的支配(就「臺灣國」來說,就是在反「中國」的支配)而形成一個新支配體制。又如倘若有一天原住民真的「索回」了漢人政府所「侵占」的土地,那麼在這一地狹人稠的臺灣,原住民也無法完全自主的利用那些土地,他們勢必要在驅趕漢人或阻絕漢人以及跟漢人交流合作之間掙扎應變,而隨時得預防因為自我封閉而深化彼此的對立。因此,在原住民的相關權益獲得保障後,「操縱全局」的前路一定得走下去,而造成一個新支配體制的必然誕生。只是到目前為止,原住民緣於許多主客觀的因素還是無法徹底的**翻身**(就像臺灣因為內部的族群分裂和外在的強權打壓等眾多因素而還難以在國際社會取得生存優勢一樣);這是時運使然,也可能是歷史的宿命。

二、原住民文學的崛起

其實,不只原住民才有「籲天」的悲情,凡是在人間社會的夾縫中求生存的個人、性別、階級、族群、國家等等都是同一境遇。因此,為了改善處境而進行抗爭,就是「勢所必然」,也是「理所當趨」。但如果要將所謂的「求生存」或「要尊嚴」一類世俗的訴求神聖化,那麼它只會徒增自己的悲苦和他人的不諒解;到頭來還是得回返來重視「抗爭的過程」。換句話說,抗爭

仍然是需要的，但究竟會不會有結果卻無從自我擬定議程；以至回過頭來重新關注抗爭的手段及其效應，也就成了一件急迫的事。這在原住民本身或許還無暇理會，但對於一個能夠「感同身受」且同為社會邊緣人的我個人來說，卻不好袖手旁觀。

在這裡，我們會發現原住民所假定的受盡歧視和剝削的前提，正好應了一個循環論證下的苦難意識的來由。也就是說，原住民所以會受到漢人的欺壓，是因為原住民的社會地位低落；而原住民的社會所以會低落，是因為受到漢人的欺壓，這樣「自導自演」悲劇的結果就是讓自己一直深陷在自我所幻化的苦難中。因此，原住民的抗爭，就明顯帶有唐吉訶德式的「奮戰」精神。當中一批能文的原住民菁英「以筆代刀」所帶動興起的原住民文學風潮，可以說是這一波抗爭行動中最耀眼且具有持續性效果的表現；它的感性哀鳴，已經穿透臺灣當代的時空而變成一闋闋的命運交響曲。而從整體上看，原住民文學的崛起，所宣告的是一個同時關聯到深層次文化的抗爭時代的來臨。

這得從當代新歷史主義所關懷的一個課題談起：有一個現象，指向近代興起的新的政治體「國家」，它在地圖上是標畫出來的位置，在國際集會中是人格化了的主權政府。而它的存在，首先必須是國民肯同意他們自己是聯合一統的團體；但以一群人集合在一起為國家的定義，卻頗為令人困惑。如東歐國家被不同的激情族裔忠忱分裂，使人不得不慨嘆：將一群人團結成一個國家的潛在力量究竟是什麼！這對於任何一個新興的國家來說，是關係重大的問題。因為別的國家視為當然的民族情操，新興的國

家卻得自行創造出來；而別的國家的人可以從先人繼承的東西，新興的國家的人必須自創，也就是（自創）團結意義、一整套國家象徵物和活躍起來的政治熱情。以至不是國家造就了歷史，而是歷史造就了國家（參見艾坡比等，1996：84〜116）。而所謂「歷史」，不過是一種論述，而且是「移動的、有問題的論述」（參見詹京斯，1996：55〜88）；它完成於一群個別或集體的權力競逐者的手裡，同時採用了彼此可以辨認的在認識論、方法論、意識形態和實際操作上適得其所的方式。這把它縮小到任何一種特定事物的「沿革」的認知上，也同樣適用（參見周慶華，2000b：121〜122）。好比這裡所帶出的原住民的抗爭意識，它所被充當話題以及援引為政治訴求的行動綱領的情況，已經到了「無時不有」或「無役不與」的地步（詳見原權會編，1987；謝世忠，1987；吳錦發編，1993；洪英聖，1994；洪田浚，1994；麗依京・尤瑪，1996；利格拉樂・阿𡠄編，1996；黃鈴華編，1999；施正鋒主編，2002；孫大川主編，2003）。很明顯這不是代表該抗爭意識是一個可被追尋的先驗性「真理」，而是代表該抗爭意識是一個隨機構設的後驗性「知識」，它所承載的終極性意向乃是人夢寐以求的權力（以及伴隨權力而來的相關利益的獲得）。倘若該抗爭意識的存在，也像其他事物的存在（如民族、國家、法律、民主制度、婚姻之類）一樣帶有相當程度的縱深，那麼它也無從被「引」來保證什麼。因為這種縱深仍然是被建構的自圓其說的論述；在過去的存在中，並無法導出一種必然的解讀，只要目的改變、觀點改變，新的解讀就會隨著出現。因此，

原住民文學的崛起所一併要從事的深層次文化的抗爭本身，就是一個有爭論的字眼和論述；它對不同的個人或群體來說，具有不同的意義。而根據這一點，顯然可以另外推測所有談論原住民的文化抗爭的人，都在敘寫一種價值觀；而這種價值觀正是個別或集體的生命性格得以成形和延續的憑藉。

所以這樣說，並不表示由原住民菁英所主導的文化抗爭得退回它未發生的時代，而是想證明一點：抗爭的正當性不在該抗爭的內容，而在該抗爭背後的心理動機（也就是權力意志）。原住民菁英有意要創造一個「原住民時代」，就不應該略過這一心理動機不談而徒然留予人「口實」。換句話說，抗爭後所得到的一個「原住民時代」，就是權力重新分配的開始；而越在意能否抗爭成功的人，它的權力慾望也就越強烈，從此有機會晉身為族群的言論領袖以及左右拒外談判的方向。

三、原住民利用文學爭到的東西

以當今還在醞釀的帶有強烈「原味」的作品來說，莫那能的《美麗的稻穗》、拓拔斯‧塔瑪匹瑪（田雅各）的《最後的獵人》《情人與妓女》《蘭嶼行醫記》、瓦歷斯‧諾幹（柳翱）的《永遠的部落》《荒野的呼喚》《想念族人》《戴墨鏡的飛鼠》、夏曼‧藍波安（施努來）的《八大灣的神話》《冷海情深》《黑色翅膀》《海浪的記憶》、利格拉樂‧阿女烏的《誰來穿我織的美麗衣裳》《紅嘴巴的VuVu》、里慕伊‧阿紀的《山野笛聲》等（以上除了《冷海情深》和《海浪的記憶》為聯合文學出

版,其餘都為晨星出版),算是箇中的翹楚。也就是說,這些作品中所透露的幾乎都不離一個「黃昏民族」的悲愴情緒和求生意志;而控訴不平等待遇和抗議壓抑同化企圖,又是當中的主調。但這種「反殖民」或「反強權」的話語(論述)的形塑,它的實質性結構卻不是該話語本身所強調的「主體」尊嚴,而是通貫著各種政教文化、醫農理工的制度和機構以及思維行動等運作時所有的「權力」欲求(參見傅柯,1993:93~131)。換句話說,是權力決定著主體的建構以及影響主體所採取的各種反抗形式:

> 「話語」是現代和後現代社會將人作為「主體」來進行組構和規定的一條最具特權的途徑。用當今流行的話來說,「權力」透過它分散的制度化中介使我們「主體化」:這就是說它使我們成為「主體」,並使我們服從於控制性法則的統治。這法則為我們社會所授權,並給人類自由劃定了可能的、允許的範疇(這就是說它「擺布」著我們)。實際上,我們甚至可以假定,權力影響著我們反抗它所採取的形式〔蘭特利奇(F.Lentricchia)等編,1994:77〕。

根據這個觀念,權力之外並不存在本質的自我;同樣的,對權力任何特定形式的反抗(也就是對任何散布的「真理」的反抗),也是依賴於權力,而不是某些有關自由或自我的抽象範疇。以至原住民文學表面所顯現的抗爭意識,就不及它內裡的權力欲求那樣值得一再的去挖掘和證驗。

關於這一點,不妨從原住民菁英利用文學所爭得的東西談

起。一般來說，原住民菁英利用文學來彰顯抗爭意識，多半是帶著一種強烈的目的性和使命感，極力為重構原住民主體的形象以及省察環繞在這一形象背後相關的個人、社會、民族、文化等命運問題而展現形塑話語的能事（參見董恕明，2003）。很明顯原住民菁英在這裡爭到了發言權；但這種發言權所內蘊訴求的邊緣主體的建構，卻是整個臺灣社會多元化後的政治、經濟、文化力剩餘所協商加冕的。以至原住民菁英所要對抗的，正是栽培他們「成才」的這個社會體制。因此，原住民菁英要的已經不是「種族生存權」（這早就有了），而是「更多的發展機會」（比照其他族群的菁英）。但原住民菁英似乎忘了一件事：凡是有關他們所創作作品的發表、出版、甚至參賽得獎等等，幾乎都是在這個社會多元化的氛圍中形構和有意無意受到眷顧而獲得保障的，現在要跟它抗衡就得陷入兩難困境。也就是說，要批判這個社會的不公待遇，就得跟它保持距離；而一旦要依賴它提供發展的舞臺，就沒有理由批判它。然而，原住民菁英只顧著享受一己的「得便」，卻不知道已經深陷在自我矛盾的情境中。

依照上述的情況，原住民菁英利用文學所爭得的東西，就不只是發言權，還有外界的同情以及相關權益的競逐。尤其是相關權益的競逐，已經使得原住民菁英窮盡力氣的在為自己的身分及其所屬族群文化劃定疆域。所謂「臺灣文學，從明鄭以來始終是中國文學的邊陲；日據時代被殖民的經驗，雖然也產生了一些新的文學想像，但大致上說來仍籠罩在漢族中心主義的自戀泥淖中。國府遷臺，從早期的反共文學、懷鄉文學、現代文學到留學

生文學，都反映了一個雜亂、飄泊年代的無根靈魂。1970年代中期引爆的鄉土文學論戰，固然高舉本土的旗幟，但他們所謂的本土仍然是漢族本位的本土；敘述的場景，從蘭陽平原到嘉南平原，從漁港、茶山到田埂，依舊是平原、稻作民族的思維邏輯。相較於夏曼‧藍波安的海、田雅各的山、瓦歷斯‧諾幹的島嶼以及原住民文學中隨處流露的神話和宇宙想像，漢人的本土是現實的、政治的，缺乏『怒而飛，其翼若垂天之雲』的超拔氣勢，當然也無法真正理解、欣賞整個南島民族遼闊的海洋心靈」（孫大川主編，2003：編序11），這所說或暗示的正是原住民菁英在自我區隔權力版圖中的主動積極性，為的就是要跟其他族群的文學「一較高下」，從而厚植持續與人競逐相關權益的本錢。

四、在自主與發展的概念中掙扎

由於原住民菁英利用文學所爭得的東西已經遠超過他們所坦然自敘的發言權一項，所以整個抗爭過程所見的手段及其效應也就有必要讓它「浮出檯面」來嚴格加以審視。這是重新為原住民文學定位的一個參考點，也是思索規模原住民前景的最好發端；而它在原住民菁英所無暇慮及或隱匿不說的，就得由旁人代為擬定。

從整體上看，原住民文學是以追求「自主性」為它主要的手段；而這種自主性所隱含的主體發話位置，就是原／漢二元對立的結構。然而，在這一思維模式中很容易就顯露主體存在和進取活動的不協調現象。我們知道，一般所說的主體有存有層面

和心理層面等情況可以區別：「就字面來說，主體一詞，英語為subject，有『丟在下面』及『置於下面作基礎』的意思；因此跟底基及實體二詞意義相近。主體的存有學意義，跟上述意義頗為相符，指作基礎的、『負荷的』、『攜有的』實在存有物，因此本質地表示出跟主體所負荷而在主體身上的實在事物的關係；被負荷的事物是負荷者的存有限定及進一步的組成部分，因此藉負荷者始得成立，並以最廣意義稱為型式。型式對主體的依賴，它本身並非效果對原因的關係，因此型式未必由主體產生。所謂『負荷』、『攜有』等說法，最初只可貼合在自我對於自己的行動及情況：自我清楚意識到行動及某些情況屬於自我並在自我身上，這件事實在哲學上就用『自我係其行動的主體』來表達。通常我們所稱的主體是一個獨立的實體，而非另一主體的限定；然而主體對它的型式的關係卻未必就是實體和附質的關係。首先、實體未必是附質的主體，例如有神論所主張的神是沒有任何附質的實體；其次，附質也可能是另一些附質限定的主體，例如運動是速度的主體，但運動又是物體的附質。此外，為主體所負荷的型式未必是附質型式，也可能是實體型式，例如肉體是靈魂的主體……存有主體的一個特殊情形是心理主體，就是負荷它的行動的自我。行動如果是意向的而趨向一個對象，那麼這些行動就會使自我的意識和另一事物（對象）相對立。當自我和一對象相對立時，自我也稱為主體；主體一詞於是有了跟第一意義有出入的另一意義，就是指認識自己、希求、感受而指向一個對象（客體）的自我。這時主體概念就跟客體概念相對立：它可以指心理

物理主體，就是指由肉體及靈魂所組成的人的整體；或者可以指心理主體，就是意識到自己的自我」〔布魯格（W.M.Brugger），1989：512〕。就存有性的主體來說，沒有人可以有效的把握它的實況（人是一個無比複雜且隨時在變動的存在體，所有有所說的都是策略性的模想或擬測；而這還不包括上述所提及的在指稱上的相對性在內）；剩下的就是心理性的主體（雖然它為存有性的主體所包含）。這種心理性的主體如果把它侷限在「意識到自己」這一部分，也無法免除它要被話語所浸染而為權力的象徵。換句話說，「意識到自己」是以蘊涵「意識到他人」的身分而存在的，而「意識到他人」所立基的話語結構，就是權力（見前）；以至「意識到自己」就等於隱含或宣告了對他人的影響、支配企圖，並沒有所謂的「自我完足性」。因此，原住民菁英所以為的透過文學來主宰自己的命運，就無異在製造一種新的虛矯性，終究無助於原先所自詡的「尊嚴」的獲得。

即使承認這種虛矯成的主體的存在，在繼起的進取活動中也會遭遇自我扞格的問題。理由是主體所能顯現的在認識、判斷和意義選擇上的自主性〔這略等同於西方的人文主義。參見柏林（I.Berlin），1990；阿德勒（M.J.Adler），1986；布洛克（A.Bullock），2000〕，在尋求發展的過程中勢必要在一個與人互動的社會情境裡不斷地自我節制、甚至妥協退讓，才能取得「相互自主」的位置而一展有限度的影響、支配力。因此，原住民菁英所極力模塑建構的邊緣主體，一旦要有所進取而在具體情境發揮競逐相關權益的本事，它所會遭遇抵拒的情況固然無從預

測，但至少它已經發生了自我的矛盾、衝突。換句話說，要求發展，就不能太過強調自主；而要求自主，也不能奢望發展。這當中自主和發展兩個概念的深纏困擾，最終不是盲目的或無謂的再行深化自主欲求，就是遺憾錯過可以「與人共商」發展前景的機會。就以瓦歷斯・諾幹這位文學獎常勝軍來說，他如果不打進漢人社會，就沒有當今輝煌的成績（按：瓦歷斯・諾幹得過1993年時報文學獎報導文學評審獎、1994年時報文學獎報導文學首獎及教育部新詩首獎、1995年現代詩社主辦年度詩獎及笠詩社主辦陳秀喜詩獎、1996年時報文學獎新詩評審獎、1997年時報文學獎新詩甄選獎、1998年時報文學獎小說甄選獎及文學臺灣雜誌社等主辦臺灣文學獎新詩首獎……等等），以至他在文章或講說中就不能或不敢挑戰這個也是由漢人把持的徵獎體制。這麼一來，他既要控訴漢人的待遇不公（以凸顯原住民的自主性），又要依賴漢人所賜頒的文學桂冠，「委屈求全」自所難免；而在這一尋求發展的得獎路上，漢人所給予的「肯定」也一再的反諷著該自主欲求的徒然白費。

五、原住民文學的未來

原住民菁英有意要藉文學來開創一個「原住民時代」，這也是整個人類社會推進到後現代情境所逐漸出現的普遍有的「再生」反影。也就是說，在這個讓人深怕主體失落又不能固守主體的時代中，大家最後只能跟跟蹌蹌的先搶佔一個位置再伺機圖謀出路；而原住民菁英選定文學作為發聲的管道，大體上就是循著

這一軌跡在變化或重整著他們的工作策略。

　　為了方便了解這段因緣，不妨從後現代社會如何的「迫使」人要去挽回日漸虛無化的人生看起。有人認為近三百年來知識分子的權力實踐，顯現了「現代」和「後現代」兩種形態的對立：「典型的現代世界觀認為世界本質上是一有秩序的整體，呈現一種非均衡性分配模式的可能，導至如果對事件的解釋正確，則成為預測和控制的工具。控制（支配自然、計劃或設計社會）跟有秩序的行動高度相關，被理解為對於或然率的操控（增大／降低事件發生的可能性）。控制的有效性有賴於對自然秩序知識的掌握。原則上，這種合適的知識是可以獲得的。控制的有效性和知識的正確性高度相關（後者說明前者，前者證實後者）。無論在實驗室或社會實踐中，這二者之間，它們都提供一種辨別既存實踐優劣的一套分類標準。原則上，這套分類是客觀的；也就是說，每一次都可以使用上述的辨識標準，而且這些分類可以公開檢驗或查證……而典型的後現代世界觀則認為世界擁有無數的秩序模式，每一個都有一組相對自主的實踐。秩序並不先於實踐，因此不能作為它的有效性的評判尺度。每一種秩序模式只有從使它實踐生效的角度看才具有意義。在每一種情況下，帶來有效性的標準是由它特殊傳統中發展出來的；它們由『意義共同體』中的習俗、信仰來維繫，因而不承認其他的合法性檢驗。上述典型的現代評判標準在這裡不再是普遍法則；每一種終極評判標準都是由諸多可能的地方傳統來檢驗，而它的歷史命運依賴它所屬的傳統。不再存在於傳統之外，在地方之外的特殊實踐的

評判標準。知識系統也只能評判來自它們自身內部的傳統」；因此，「典型現代知識分子工作策略的最佳描述特徵就是『立法者角色』的隱喻。立法者角色建構在權威性的陳述上；這種權威性的陳述選擇、決定那些意見是正確，應該遵守。知識分子藉由比社會中其他部分的知識分子擁有更高層次（更客觀）的知識，合法化他們的仲裁的權威……而一個典型的後現代知識分子最佳的工作策略特徵就是『詮釋者』這個隱喻。詮釋者建構在轉譯性陳述上；這種轉譯性陳述以某種公共性的傳統為基礎，所以對一個知識系統的了解建基在另一個傳統上，有別於傾向選擇最佳的社會秩序。這種策略的目的是幫助自主性的（主權獨立的）參與者間的溝通。基於這個原因，它促進滲入到深層的、性質相異的知識系統，轉譯活動由這裡產生。它還促成對兩種相對傳統的微妙平衡，以至於信息不被雙方誤解（由傳遞者的角度看）和理解（由接收者的角度看）是必要的」〔包曼（Z.Bauman），2000：導論vi～ix〕。這兩種形態的對立，實際上也就是「大敘述」和「小敘述」的對立〔參見佛克馬（D.Fokkema）等，1991；貝斯特等，1994；哈山（I.Hassan），1993；史馬特，1997；安德森（P.Anderson），1999；康納（S.Connor），1999〕。前者（指大敘述），表現在對人的主體性和理性的建立，企圖以完構一套套的知識體系來彰顯人在擺脫中世紀神學的籠罩後所能「自主」的本事；後者（指小敘述），則認為前者的自主性不免流於工具理性化而未能真正的「自由」（也就是反受科技的牽制），以至得有解構的動力來消解先前所建構知識體系對人的「壓制」。

雖然如此，這種支解或分裂知識體系的作為表面上是一個「詮釋者」的職分（而不再是一個「立法者」的職分），但各取所需而詮釋成的一個個小敘述卻展現了另一種「建構」觀（以建立小規模或帶不確定性的知識體系為目的訴求）；同時這種強調形塑小敘述傳統的後設敘述本身（也就是後現代理論）也是另一種形態的大敘述，導至一個「詮釋者」在實質上也是一個「立法者」（新的立法者），彼此再也沒有所謂的「上下等級」或「屬性分立」的差別（參見周慶華，2003：197～199）。原住民菁英對於自我族群重生的焦慮，就是受到此一氛圍的感染，這自然是情有可原；但文學這一範疇的「立法」工作，卻不如他們所想像的單純容易。原因是人類的文學觀念及其實踐，已經由前現代的模象／寫實作風「演進」到現代的造象／新寫實作風和後現代的語言遊戲作風、甚至當今的網路超鏈結作風（參見周慶華，2001a；2002a；2003），原住民還只能以前現代的寫實手法在痛陳悲情，它的素樸性及其可能的「祥林嫂效應」（有關「祥林嫂效應」的問題，參見周慶華，2000a：56～58），都會讓原住民文學面臨泡沫化的命運。因此，有關近來頻頻出現的「原住民文學」的標榜和倡導（詳見黃鈴華編，1999；孫大川主編，2003），就「畫餅」勝過「實力」，終究難以在國際舞臺上爭得更高層級的「席位」。

這種情況，本是臺灣文學（甚至中國文學）所無力超越的處境，現在原住民文學又要重歷這樣的困局，只能讓有識之士扼腕嘆息了。因此，像原住民文學要進一步一併爭取的作者的「原住

民身分」或作品的「原住民意識」以及媒介的「原住民母語」等等（詳見孫大川，2000；浦忠成，1999；董恕明，2003），這些路數都是臺灣文學採行過的（參見周慶華，1997a），而如今臺灣文學還不是無法躋進國際舞臺去揚眉吐氣；這樣連「圖利」本身都難得如願了，又豈能為文學創作的遠景奠立什麼「宏基」？因此，不論原住民文學願意不願意被漢人所主導的臺灣文學收編，它都要跟臺灣文學同一命運。也就是說，除非能夠開創足以媲美已經在世界文壇流行過的現代、後現代等各種文學流派的新的類型，不然原住民文學也一樣無從「起死回生」。而如果原住民文學有能耐走上這條艱難的創新道路，那麼它所要秉持的對於主體性的追求（如果還要這樣自我定位的話），就不必關聯「原住民」的什麼特殊性，而可以直接通到「文本」本身。換句話說，「原住民文學」將不再是值得叨念的一個對象，它的前途得由創新類型的「原住民的文學」來作保證；而只要原住民能夠創作出新類型的作品，原住民的地位自然有機會跟著水漲船高（也才足以「真正」令人刮目相看），此外在該作品中是否有原住民意識或原住民文化都已經無關緊要。

第八章　後臺灣的中國古典文學研究

一、醉新幕啟

　　相對於二〇世紀五、六〇年代的「閉關自守」和七、八〇年代的「門戶開放」，九〇年代的臺灣地區的中國古典文學研究，顯然有著擺盪於開闔之間的不確定性和前途焦慮感，很可以作為考察的案例。在五、六〇年代那個閉關自守的時期，中國古典文學研究只是循著考據、訓詁的老路在寸移步履〔中國古典文學研究，從五〇年代末開始才有零星的以西方的新批評、意象派等手法來分析古典詩詞，如陳世驤發表於《文學雜誌》一篇分析杜甫的五絕〈八陣圖〉而題為〈中國詩之分析與鑒賞示例〉的文章（詳見陳世驤，1972）及葉維廉一篇分析古典詩特質而題為〈靜止的中國花瓶〉的文章（詳見葉維廉，1971）等就是。這主要是由外文系學者所發動，但一時還無法推廣，整體上還是處在閉關自守時期〕；而在七、八〇年代那個門戶開放的時期，中國古典文學研究已經幡然領悟要放寬小腳去迎合世界潮流〔這一時期，前有顏元叔的《談民族文學》（學生版）、葉嘉瑩的《迦陵說詞》（純文學版）等以新批評手法分析中國古典詩詞而「奠定基礎」，後有周英雄的《結構主義與中國文學》（東大版）、古添洪的《記號詩學》（同上）、王建元的《現象詮釋學與中西雄渾觀》（同上）、葉維廉的《歷史、傳釋與美學》（同上）、廖炳惠的《解構批評論集》（同上）等以結構主義、記號學（符號學）、現象學、詮釋學、解構理論等方法來詮解中國古典詩詞

小說而「擴大規模」。此外，還有專事引介西方的文學理論或雜揉西方的文學理論從事傳統文學理論的「重建」工作，著作不計其數。由此可以充分看出「門戶開放」的一斑〕。但到了九〇年代，又開始有點後悔，一邊欲拒還迎，一邊迎後又拒，戞戞乎有要把自己逼向矛盾叢生的絕路上去的態勢。

　　這得從九〇年代初期說起。九〇年代初期是學術熱或方法論熱的時期，由七、八〇年代累積下來的「向西方取經」的能量，一下子瀰漫開來，衝向文學研究的各個領域，導至中國古典文學研究快速的「全方位」轉型。這可從底下幾個指標看出來：第一是中國古典文學學術研討會一場一場的舉辦：研討會原是西方人的玩意兒，自有它一套運作的規範及其所能預期的功效；但從引進臺灣以後，大家只因新奇而熱中辦研討會，卻不時興參與研討，以至常見學者趕場赴會，會場川流不息，酷似大拜拜。這種情況，從七〇年代末以來，經古典文學會、比較文學會開啟「風氣」，到九〇年代轉由各大學相關系所紛紛仿效，甚至中央研究院中國文哲研究所籌備處、國家劇院等非學校單位，也不落人後的在積極開辦。結果是跟中國古典文學有關的研討會增加了，而整體的研究成績卻很有限。但因為有研討會數量成長的現象存在，也可以稱得上是一大改變。第二是中文系所一家一家的增設：大學增設中文系所（包括新大學開辦中文系所），美其名是各家主其事的人都想辦有特色的專屬系所，實際上是大家利用教育鬆綁（隨政治解嚴、社會開放而出現）的機會在進行權力結構的重組罷了。因為他們全然不顧現實中市場已經「飽和」或人

力所學難以「致用」的問題,以至很多從中文系所出來的人,只好去從事貿易、當編輯、為人企劃文案,甚至為報社跑新聞、到第四臺主持節目、跟人合資開餐館等等。這從長遠的角度來看,很難稱許為是在為中文學界人「爭光」(也就是使所學產生多用途),反而不啻是在自我削弱對文壇所能發揮的影響力(大家「不務正業」的結果,就是凝聚不了力量展現更精實可觀的創作或研究成果,以便為文壇作出更多的貢獻)。但同樣的,也由於有中文系所急速增加的現象存在,對於「扭轉」中國古典文學研究的向度來說,還是可以稱得上是一大變貌。第三是中國古典文學論文一篇一篇的寫:由於中文系所的增設和相關研討會的大量舉辦,在相對上也激勵或誘發出更多的中國古典文學論文;舉凡學校或研究機構或學會所發行學報或雜誌上刊載的、出版社發行的、國科會准許研究的、教育部同意升等的、學校研究所指導寫作的中國古典文學論文(論著),不計其數。雖然如此,整體的研究隊伍還是嫌不夠龐大(還有更多的可能的研究人力散落在社會一隅),同時也欠缺整合和有效的發揮研究專長;以至論文篇數增加了,品質卻還難見大幅度的提升。但也因為有中國古典文學論文寫作風氣大開的現象存在,多少也給整體情況再添一個變數。

　　上述這種現象,至今還在持續著。只是從九〇年代中期以來,日漸有反省式(後設性)的舉動出現,針對研究形態的西化傾向和相關研討會的效能不彰以及學術社群內部不合理的權力關係等等,展開一波波小規模的質疑批判,使得整體的中國古典文

學研究看來並不是那麼「順利」的在向前推移，而是夾雜批判／反批判／再批判等「異質」的聲音。於是我們可以同時看到有人追逐風尚，有人抱殘守缺；甚至還有夜郎自大的洋版和中版並存的現象。換句話說，這裡面充斥著不盡能釐清的對新潮流「欲拒還迎」和「迎後又拒」的情結。

二、回眸瞥見岔路

在各種表現中，比較容易被嗅出反省批判的氣息的，是從相關的研討會裡所散發的。九〇年代以來，相關的研討會主要沿著兩個方向在進展：一個是以斷代文學史作為議題；一個是以類型學或科際整合作為議題。前者，如「先秦兩漢學術（含文學）研討會」（輔仁大學中文系主辦）、「中國古典文學國際研討會：先秦至南宋」（清華大學中文系主辦）、「兩漢文學學術研討會：舊學商量加邃密」（輔仁大學中文系主辦）、「漢代文學與思想學術研討會」（政治大學中文系主辦）、「世變與創化：漢唐、唐宋轉換期之文藝現象」（中央研究院中國文哲研究所籌備處主辦）、「魏晉南北朝學術（含文學）國際研討會」（中國文化大學文學院主辦）、「魏晉南北朝文學與思想學術研討會」（成功大學中文系所主辦）、「魏晉南北朝文學國際學術研討會」（古典文學會、東海大學中文系主辦）、「隋唐五代文學研討會」（中正大學中文系和古典文學會主辦）、「唐代文化學術（含文學）研討會」（成功大學中文系主辦）、「宋代文學研討會」（成功大學中文所主辦）、「明清文化國際學術（含文學）

研討會」（南華管理學院、歷史文學會、美國亞歷桑那大學東亞研究系主辦）、「清代學術(含文學)研討會」（中山大學中文系主辦）、「近代中國學術(含文學)研討會」（中央大學中文系所主辦）等；後者，如「國際辭賦學學術研討會」（政治大學中文系主辦）、「中國詩學會議」(彰化師大國文系主辦)、「中國古典文學學術研討會：古典散文」（逢甲大學中文系、古典文學會主辦）、「晚明小品學術研討會」（政治大學中文系主辦）、「清代詞學研討會」（中央研究院中國文哲研究所籌備處、大陸華東師大主辦）、「湯顯祖與崑曲藝術研討會」(國家劇院、國家音樂廳、聯合文學雜誌社主辦)、「明清戲曲國際研討會」（中央研究院中國文哲研究所籌備處主辦）、「中國古典戲曲及小說研究的回顧與前瞻」(東吳大學中文系、古典文學會主辦)、「中國文學史暨文學批評學術研討會」(政治大學中文系主辦)、「文學與美學(含古典文學與美學)學術研討會」(淡江大學中文系主辦)、「中國古典文學學術研討會：區域特性與文學傳統」(東吳大學中文系、古典文學會主辦)、「文學與傳播(含古典文學與傳播)關係研討會」(空中大學、古典文學會主辦)、「文學與文化(含古典文學與文化)學術研討會」(淡江大學中文系主辦)、「民俗與文學(含古典文學與民俗)學術研討會」(中山大學中文系主辦)、「通俗文學與雅正文學（含古典通俗文學與雅正文學）學術研討會」(中興大學中文系主辦)、「中華文化與文學學術研討系列：婦女文學(含古典婦女文學)學術會議」（東海大學中文系主辦）、「中國古典文學學術研討會：文學與社會」(輔仁大學中文系、古典

文學會主辦)、「文學與佛學(含古典文學與佛學)關係研討會」(古典文學會、佛光山文教基金會、中央大學文學院主辦)、「語文、情性、義理：中國文學的多層面探討學術會議」(臺灣大學中文系主辦)、「中華文化與文學學術研討系列：傳統文學的現代詮釋」(東海大學中文系主辦)、「中國符號學(含古典文學符號學)研討會」(中興大學文學院主辦)等。

　　不論那一種形態的研討會，無不以建立學術規範和挖深拓廣學術議題自期；但實際上大多數的研討會並未能充分實踐。九〇年代初期有人曾經批評過的「學術功能不彰」（缺乏問題意識和方法意識）、「流於形式化」(學者匆匆來去而不願相互深入討論)和「鋪張浪費」(好大喜功辦些花費大而收效小的大型研討會)等弊病〔參見《文訊》革新第49期（1993）＜「學術會議」的反省＞專題，刊載有王熙元＜學術風氣興盛以後──國內學術會議面面觀＞、黃俊傑＜讓學術的歸於學術──關於學術會議的幾點思考＞、龔鵬程＜學術會議功能的再思考＞、林安梧＜「學術拜拜」與「神祇廟會」──對於當前學術會議的省思與批判＞、連文萍＜好景之外──對於學術研討會的省思＞等文章，專門檢討學術研討會的功過得失；當中有關過失的部分（也就是這裡所列的幾項）揭發的特別多〕，至今仍不見徹底的改善；這只要從前面所列的研討會名稱「動輒」冠上國際性或斷代性(包括連跨數個時代)，就可以看出它的浮誇虛矯，更別提內裡一、二〇篇到三、四〇篇「數量龐大」而無從妥為安排廣泛討論的論文。雖然如此，每一場研討會的舉辦，多少都對相關的議題展開某種程度的

反省批判的功力；尤其是那些類型學或科際整合取向的研討會，已經體認到「主題式研討」或「開拓研究視域」的重要性，逐漸在朝精緻化和功能化方向轉型。而這無異是在為過去的浮濫舉辦研討會懺罪，以及為新形態的研討會摸索出路。1995年6月我和中興大學外文系陳界華教授協助佛光大學籌備處辦理一場「『文學學』學術研討會」，集中探討「文學史方法論」、「文學理論批評」和「文學實際批評」等課題，全程採規劃子題並邀請專人撰稿方式，相對上更能確保會議的品質，也讓與會者留下了深刻的印象。只可惜「後繼無力」，沒有人願意把它推廣到中國古典文學研究上，徒留「靈光一現」而不再的遺憾！

三、追逐風尚與抱殘守缺並進

從另一個角度來看，相關研討會接二連三的舉辦，以及學者南北串聯交流（偶爾還跟海外的學校合辦「相互取法」），所帶動的中國古典文學研究的風氣，應該是相當可觀的。只是帶動中國古典文學研究的風氣是一回事，而能否提升中國古典文學研究的水準又是一回事。且看一些已經連續舉辦數屆的研討會，學者所提出發表的論文，還盡是在處理一些「不關痛癢」的議題，就可以會意一二：如成功大學中文系主辦的第三屆「魏晉南北朝文學與思想學術研討會」（1996）中有康韻梅＜「洛陽伽藍記」的敘事＞、呂凱＜阮籍與「大人先生傳」研究＞、廖國棟＜試探潘岳「閑居賦」的內心世界＞、陳慶元＜梁武帝蕭衍的文學活動及其文學觀＞、陳昌明＜試論六朝「傳神論」與「淮南子」形神

思想之關係＞、游志誠＜「昭明文選」及其評點所見之賦學＞、
畢萬忱＜道家與魏晉南北朝賦＞、洪順隆＜六朝狹義詠懷詩的意
象＞、崔成宗＜論魏晉詩文中登高覽物之情＞等；中央大學中
文系所主辦的第五屆「近代中國學術研討會」（1999）中有吳淳
邦＜二○世紀前西方傳教士對晚清小說的影響研究＞、林淑貞＜
「詩概」論風格之表述方法、對象與審美觀照＞、包根弟＜「詞
概」創作法則論＞、廖振富＜徬徨、振作與沉淪——林痴仙詩中
的時代刻痕＞、吳盈靜＜晚清小說理論的域外發展——以星洲才
子邱煒萲為例＞、林逢源＜視而不見，聽而不聞——古典戲劇舞
臺表演的一些現象＞、江惜美＜王國維「人間詞話」對蘇詞之
定位＞、游秀雲＜王韜「淞隱漫錄」在傳奇小說史上的價值初探
＞等；彰化師大國文系主辦的第四屆「中國詩學會議」（1998）
中有許清雲＜元兢調聲術與初唐五律聲律之關係＞、洪順隆＜詠
物詩與狹義抒情詩的界限——論王褒「詠月贈人詩」與杜甫「鄜
州月夜詩」的文類性質＞、許麗芳＜抒情與敘事之取捨——以白
居易「長恨歌」與陳鴻「長恨歌傳」書寫特質之異同為例＞、
包根弟＜杜甫「諸將」五首析論＞、黃奕珍＜杜甫「寫懷二首」
中的異鄉論述＞、侯迺慧＜論杜詩的聲音意象與其心理意涵＞、
簡錦松＜唐代時刻制度與張繼「夜半鐘聲」新解＞、蕭麗華＜遊
仙與登龍——李白名山遠遊的內在世界＞、周益忠＜從「空吟白
石爛」到「低頭禮白雲」——說李白的「秋浦歌」＞、陳清俊＜
「落花啼鳥紛紛亂，澗戶山窗寂寂閑」——試論王維山水詩中的
聽覺意象＞、歐麗娟＜論唐詩中日、月意象之嬗變＞、張簡坤明

＜張籍詩風格之研究＞、李栖＜白居易的題畫詩與其繪畫觀＞、
李建崑＜論賈島之詩風及其在中晚唐詩壇之地位＞、徐信義＜溫
庭筠詞的格律＞、李若鶯＜從題材與語言兩方面看溫庭筠的詩莊
詞媚＞、王偉勇＜試論唐詩對箋校宋詞之重要性＞等，這些論文
不但缺乏問題意識（也就是學者無法自我察覺所論為何是一個必
要而有意義的問題），還缺乏價值意識（也就是學者無法自我評
估所形塑的論點在文學創作或文學研究或文學傳播上有迫切可供
參考借鏡的價值）和方法意識（也就是學者無法自我提出有效解
決問題和闡發論點的方法）。以至表面琳瑯滿目的論述取向，終
究無法掩蓋內裡不知所論「何事」的實質匱乏。

　　同樣的，有學者各自研究出版的著作中，也看不出緣於學
術風氣的刺激而有內質上的大幅度的突破。就以底下這些著作
為例：胡楚生《古文正聲──韓柳文論》（黎明，1991）、林保
淳《經世思想與文學經世──明末清初經世文論研究》（文津，
1991）、何寄澎《北宋的古文運動》（幼獅，1992）、蔡孟珍
《近代曲學二家研究》（學生，1992）、施逢雨《李白詩的藝
術成就》（大安，1992）、王叔岷《鍾嶸詩品箋證稿》（中央研
究院中國文哲研究所籌備處，1992）、樂蘅軍《意志與命運──
中國古典小說世界觀綜論》（大安，1992）、楊振良《牡丹亭
研究》（學生，1992）、陸又新《聊齋誌異中的愛情》（學生，
1992）、宋如珊《翁方綱詩學之研究》（文津，1993）、陳怡
良《陶淵明之人品與詩品》（文津，1993）、方元珍《王荊公
散文研究》（文史哲，1993）、簡宗梧《漢賦史論》（東大，

1993）、張健《清代詩話研究》（五南，1993）、王國良《海內十洲記研究》（文史哲，1993）、傅璇琮《唐代科舉與文學》（文史哲，1994）、鄭文惠《詩情畫意──明代題畫詩的詩畫對應內涵》（東大，1995）、黃錦珠《晚清時期小說觀念之轉變》（文史哲，1995）、張高評《宋詩之新變與代雄》（洪葉，1995）、魏仲佑《晚清詩研究》（文津，1995）、龔顯宗《明清文學研究論集》（華正，1996）、羅聯添《唐代四家詩文論集》（學海，1996）、王關仕《微觀紅樓夢》（東大，1996）、王基倫《韓柳古文新論》（里仁，1996）、鍾美玲《北宋四大家理趣詩研究》（文津，1996）、謝海平《唐代文學家及文獻研究》（麗文，1996）、顏天佑《元雜劇八論》（文史哲，1996）、顏進雄《唐代遊仙詩研究》（文津，1996）、李豐楙《誤入與謫降──六朝隋唐道教文學論集》（學生，1996）、文幸福《孔子詩學研究》（學生，1996）、黃文吉《北宋十大詞研究》（文史哲，1996）、游志誠《昭明文選學術論考》（學生，1996）、王瓊玲《清代四大才子小說》（商務，1997）、凌欣欣《初唐詩歌中季節之研究》（文津，1997）、林美清《想像的邊疆──論李商隱詩中的否定詞》（文史哲，1997）、梅家玲《漢魏六朝文學新論》（里仁，1997）、蕭麗華《唐代詩歌與禪學》（東大，1997）、廖蔚卿《漢魏六朝文學論集》（大安，1997）、李燕新《王荊公詩探究》（文津，1997）、黃美鈴《歐、梅、蘇與宋詩的形成》（文津，1998）、王禮卿《唐賢三體詩法詮評》（學生，1998）、魏子雲《金瓶梅的作者是誰──中國文學史公

案試解》（商務，1998）、徐志平《清初前期話本小說之研究》
（學生，1998）、謝佩芬《北宋詩學中「寫意」課題研究》（臺
灣大學，1998）、王隆升《宋詞的登望意識與境界》（文津，
1998）、呂新昌《歸震川及其散文》（文津，1998）、蔡瑜《唐
詩學探索》（里仁，1998）、黃奕珍《宋代詩學的晚唐觀》（文
津，1998）、謝明勳《六朝志怪小說故事考論》（里仁，1999）
等。這些著作普遍涉及「考證」、「詮釋」、「美學探索」等問
題，但又缺少對該問題本身的深刻的反省，導至所論有如沙上築
塔，岌岌可危。就以「考證」部分來說，學者無不相信他所考證
的為真，但問題是任何源頭的追溯只是個神話：

> 每篇文本本身作為另一文本的相互文本是屬於相互文本指
> 涉的，而這必定不能跟文本的源頭混亂過來：去尋找作品
> 的「源頭」及受到的「影響」只是滿足一種家系神話。建
> 構文本的引述是無名的，不能還原的，而且是已經被閱讀
> 的：它們是沒有引號的引述（朱耀偉編譯，1992：19）。

因此，所有的考證都只能是「系譜學式」的。它無法像學者那
樣篤信可以將各種散亂的史實資料重新歸納排比，以期根據邏輯
推衍的順序，重新建立某個事件或時代的意義；而得意識到是以
「現在」為立足點，為「現在」寫出一部歷史，而不是妄想於重
建「過去」（參見傅柯，1993）。換句話說，所謂的考證，理應
關心的是人們經過什麼樣的過程而有「今天」的局面，或者先前
的這段歷程裡有什麼因素的發生轉變可為「現在」的相關思維形
式作借鏡。而這種但為今人（或後人）服務而不為古人服務的考

證研究形態，還得容許同行的對諍，以求自我的不斷「精進」
（參見路況，1993；周慶華，1999a）。這點在一般的古典文學論
著裡，幾乎都不存在絲毫的影子，自然是流於自吹自擂而沒有什
麼人（有識之士）理會的慘淡的下場。又以「詮釋」部分來說，
學者大多都不知道自己是帶著詮釋學家所說的「前理解」或「先
見」在進行對作品或相關現象的詮釋〔有關「前理解」或「先
見」的問題，參見帕瑪（R.E.Palmer），1992；張汝倫，1988；
殷鼎，1990〕，而盡流於跟人計較「孰是孰非」的無謂爭辯裡。
也就是說，所有的詮釋都只是為詮釋者的意圖（權力或利益慾
望）而發且不為典要；但它可以自我完密論說和提出高度可信的
前提以便容易遂行該意圖（參見周慶華，1996b；1997c）。這點
在一般的中國古典文學論著裡，也幾乎都不曾見著深入的反省，
當然也是淪為自我闇昧無知而不堪一擊的險巇境地。又以「美
學探索」來說，當今不論是詩美學的發展還是敘事美學的發展，
都已經到了「漪歟盛哉」甚至「基進突躍」的地步（參見孟樊，
1995；奚密，1998；高辛勇，1987；徐岱，1992；鄭明娳主編，
1993；鍾明德，1989；鍾明德，1995；周慶華，1996a），而學者
卻還耽溺於中國古典文學中已經「老掉牙」的素朴美學揭發的歡
悅裡，遠落後時代腳步的「可憐」境況顯而易見。這都是緣於學
者對當代文學潮流的「陌生」和對研究本身如何精進的「乏知」
所致；而這類「保守」模樣，恐怕不是短期內所能改善的。

　　雖然如此，我們還是可以看到一些「跳開」上述格局而能
略顯新意的研究。這些研究延續著七、八〇年代借鑑西方理論的

作法，以文化理論或女性主義理論來探索古典文學，儼然有要搶佔言論市場或開啟新猷（以示不甘雌伏）的意味。這些研究成果散見（或集中見）於相關的研討會或彙編的論文集〔如比較文學會的年度大會就常見這類論文；而個人論文集（如麥田版的王德威《小說中國》、野鶴版的王溢嘉《情色的圖譜》、麥田版的廖炳惠《回顧現代──後現代與後殖民論文集》、聯合文學版的孫康宜《古典與現代的女性闡釋》等。按：上引梅家玲《漢魏六朝文學新論》書中也收有一篇＜漢晉詩歌中「思婦文本」的形成及其相關問題＞），也偶見這類論文（包括談同性戀及局部涉及文化理論或女性主義理論的論文）〕。當中性別／文學研究會主編的《古典文學與性別研究》（里仁，1997）所收的全為這類的論文；而鍾慧玲主編的《女性主義與中國文學》（里仁，1997）及吳燕娜的《中國婦女與文學論文集（第1集）》（稻鄉，1999）所收的則有多篇這類的論文。此外，還有零散發表於文學刊物的，如鄭明娳＜慾海無涯，唯情是岸──「金瓶梅」中的情與慾＞（《聯合文學》第70期，1990）、葉嘉瑩＜論詞學中之困惑與「花間」詞之女性敘寫及其影響＞（《中外文學》第20卷第8期~第20卷第9期，1992）、陳葆文＜中國古代笑話中的妻子形象探析＞（《中外文學》第21卷第6期，1992）、朱崇儀＜大觀園作為女性空間的興衰＞（《中外文學》第22卷第2期，1993）、李玉馨＜反傳統與擁傳統：論「鏡花緣」中的女權思想＞（《中外文學》第22卷第6期，1993）、姜翠芬＜假戲真做、真戲假做：關漢卿筆下深通「權變」之女性＞（《中外文學》第22卷第6期，1993）

等都是。這相對於前面那些較傳統的依違在作者／環境的考證、文本的詮釋和審美探索來說，顯然基進了一點〔所謂基進，是一種空間和時間中的關係，是一種特殊的相對關係。它在被運用時，有衝破一切樊籬的效力和不拘格套的自主性。如呈現在空間關係上，它就反對一切傳統霸權式的空間佔領策略（這種策略是由侷限在山頭的堡壘逐漸蠶食鯨吞到控制廣幅空間流動的一方霸主）；而呈現在時間關係上，它也反對一切傳統霸權式的時間佔領策略（這種策略是一方面透過歷史的造廟運動不斷地「塑造」悠久連續的歷史傳統；一方面以「負責的」社會工程師自居不斷地預言未來秩序，建構未來的新社會）（參見傅大為，1991：代序4）。女性主義理論（文化理論）所預言的兩性平等社會，難免也要成為它所要批判的霸權論述；但在當前還流於考證、詮釋和美學探索等傳統格局的研究環境來看，它的勇於揭發被「壓抑」的女性話語，也算是一種基進作為〕。而這種基進性，一方面以預設性別政治或文化理想為它左衝右突的根基；一方面也毫不掩飾的強力批判舊有的研究以便為形塑新的支配論述鋪路。以至聯結「前後」不同的研究形態，可以看出有的追逐風尚，有的抱殘守缺，形成再度（繼七、八〇年代之後）的「眾聲喧嘩」的場面。

四、夜郎自大的洋版與中版

九〇年代的中國古典文學研究，表面上盡顯現著一片多音交響的美好景象，實際上還隱藏著一股對可能無限多音的疑慮和不

安，而有所謂洋版的夜郎自大和中版的夜郎自大的現象出現。這種夜郎自大，一邊以破除迷思自居；一邊又不自覺的陷入新的迷思中，造成自我的矛盾衝突。但因為它明顯有異於前者在各自領域「一直做去」的後設批判特徵，可以別為冠上「喧嘩眾聲」的名稱而給予必要的考察。

先就洋版的夜郎自大來說，它是起於對國人盲目追逐風尚或不知甄辨風尚的批判，如「女權批評似乎有以下幾個問題亟待澄清：（一）意識的開放結構，也就是男性文化能被推翻，就表示它並不是一貫或封閉的……女性主義如果要繼續發展，絕不能拿『辯證』代替『互動』，以『對立』扼殺『對話』的機會。（二）歷史的因果變化，目前的女權批評往往以十九、二〇世紀的觀點，去重新考察歷史上的某一事件或作品，完全忽略了文化差異……也許我們最好注意到個別時期的特殊文化現象，看男、女性如何發言，道出他們的權力，而不應只看他們是否出了聲。（三）文化、藝術的機構論，女權批評家對文學和社會的關係，大多以男、女性的典範為主，因而對社會的複雜藝術條件，如技藝、機構、經濟因素無法提出圓滿的解釋……（四）『雙重束縛』的邏輯，也就是如與男性不同，但又不像他們那麼排外？如果女性主義堅持男女二元論，最後勢必走向『抑或』的雙重束縛：女性不應像男性，因為在生理、心理、社會上，女性是受壓迫的、被否定的性別；女性應該像男性，同樣爭取權力、自由、獨立。（五）批評架構的排斥性，以女性的觀點讀作品，如何避免讓女性本身的利益流於專制，以至無視於作品中的其他成分」

（廖炳惠，1990：168~169）、「事實上，中文系的學者如果能夠以中國舊詩的細評及一些有關中國古典詩的重要理論為基礎，參酌新批評的細密推理及體系化，是不難在『中西合璧』的方式上編出一套中國古典詩的『Understanding Poetry』的系統教科書的……其次談到文化批評和社會批評。這兩種批評取向和歷史批評的關係最為密切，而因為歷史批評是作為傳統批評的代表而成為新批評所要『打倒』的對象，所以這兩種批評也就遭了池魚之殃而不受重視。其實，從『大詮釋』的角度來看，這兩種批評的潛在能力是無可限量的……以上簡短而頗為主觀的羅列，一方面要表明，除了新批評以外，當代西方理論的天地極為廣大、寬闊；另一方面也是一種期望，希望另一波『新法論舊詩』的情勢能夠早日出現，並且能夠產生更有效力的成果，以便為中國文學研究開創出一番新局面」（鍾彩鈞主編，1992：108~111）等。這有點「以其人之道還治其人之身」的味道，但批判得並不徹底。換句話說，學者只能以同理論內在的異質聲音為依據〔這特指所論跟女性主義理論有關的部分。所謂異質聲音，是由外部所加的或由內部醞釀的。可參見科恩主編，1993；丹菲爾德（R.Denfeld），1997〕或取同樣來自西方的別派理論予以對諍，而不知道這種「孰是孰非」的爭論背後都預設了相同的權力意志〔這裡還是不能「免俗」的要引一段當代（西方）批判理論的說法：沒有所謂的「文學」這樣東西（按：指帶有普遍性的）；它是被特殊團體在特殊時期建構來服務特殊利益的。「偉大的著作」並未傳達有關人類生活狀況普遍的和永久的真理，而是被用來表示、維持和

再製支配團體的意識形態，以維持那些團體的物質幸福。特殊的觀點因此而被文學轉化為普遍的真理。沒有一樣東西是一種任何文本都是「正直的」、無私的讀本；所有的文本在某種意義上或多或少都帶有理論的意味，所有的解釋都是特殊意識形態的產物（詳見吉普森，1988：115~147）。人家的反省已經深入到這個地步，學者豈有自覺呢〕。再換個角度來看，學者明知西方有甚多派別的文學理論（包括同一派別的次派別在內），卻又擔心「兼容並蓄」會造成價值的崩潰，以至只能「小心」的擷取當中自己中意的部分來發揮。這種貌似懂得「慎選」的本事底下，其實是罔顧了西方原就有「多元發展」的事實。而這正應了我個人在前面所說的「一邊欲拒還迎，一邊迎後又拒」的雙重矛盾情結的話。

再就中版的夜郎自大來說。它是起於對國人所論偏頗或不辨真相的批判，如「賦與駢文，都是因漢語特性所造就的特有文類，是中國文學獨有的兩塊瑰寶。雖然它已是明日黃花，但那繁華的過去，仍是今日文學可以取資的養料，很值得我們珍惜、闡揚和研究，以求轉化。尤其賦從漢到唐，都一直扮演著文學發展的火車頭角色，所以為研究中國文學史的人所不可不知⋯⋯本書提出一些新的觀點和線索，為文學史作不同面向的觀察，而有不同於一般的審斷。譬如：賦是散文化的詩；駢文是賦體化的散文；駢文起源於士大夫文學的興起；唐傳奇是小說辭賦化的產物；講經變文是佛經俗賦化的作品；賦是從漢到唐文學發展的火車頭等等，都是別人所不曾說的」（簡宗梧，1998：自序1~3）、

「儘管『擬代』和『贈答』之作在漢魏六朝盛極一時，並且也
受到當時論者高度的肯定，但後世學者，卻似乎並未注意及此。
它的原因大抵不外乎：或將『擬作』視為『偽作』的類同物，以
為它『不真』，『跟創作者自我生命無關』；或以為『贈答』不
過是為交際應酬而作，既缺乏真性情，也不具藝術價值，相對於
〈古詩十九首〉以來止於『自言其情』的作法來說，乃是一種異
變。但問題是：這兩類作品在漢魏六朝大量湧現，絕對是不容否
認的事實，甚至於正是經由它們才形塑出彼時特殊的文學風貌。
因此，與其主觀的貶抑、漠視它們的存在，不如調整觀照的角
度，客觀審慎地探問：為什麼當時的文人要寫這樣的作品？它們
出現的意義為何？是否反映了某些特定的生命情態和社會現況？
在文學傳統中，這些作品將如何定位」（梅家玲，1997：序言
2~3）等。這也有點「彼假我真」或「彼非我是」的味道；但也同
樣的批判得並不徹底。換句話說，學者所提出的「史實」，在認
定上並無絕對客觀的標準（任何人所提出的「標準」，最多只具
有相互主觀性：如前段引文中學者所見「無不辭賦」及後段引文
中學者高度「標舉擬代和贈答詩」，最後如能成立，也不過是獲
得一些跟他們有類似背景的人的認同罷了），而這還不是「最」
重要的；最重要的是史實認定者的企圖。正如尼采所提示的，
並無所謂「純粹的認知」，認知本身就是一種詮釋和評價的活
動，一種意義和價值的設置建構。因此，學者所認定的「史實」
從來就不是什麼純粹的「史實」，而是一個意義價值界定的範
疇。這個範疇，其實已形同一個崇高的「理念」，它不僅僅是可

作為討論相關問題的依據，更是指導行動、定位行動主體的最高
價值體系。而當學者在爭論誰所認定的「史實」才是真史實時，
那並不是它更客觀或更真確，而是因為它更理想或更崇高。也就
是說，史實的判定並不是認知層面上的「真／假」或「是／非」
問題，而是價值層面上的「信仰抉擇」或「意識形態鬥爭」問題
（參見路況，1993：122~123；周慶華，1996a：69~125）。很
顯然學者的「求真」或「求是」精神白費了，還無意中落入跟洋
版的夜郎自大同類的「一邊欲拒還迎，一邊迎後又拒」的矛盾窠
臼裡（也就是學者也明知傳統有多重看待文學的方式，卻又擔心
「全部接收」會無力招架，以至只能形塑一種自己有把握的方式
來因應。而這種像極上帝「無所不知」的透視力底下，其實也是
忽略了傳統也原就有「詩無達詁」或「作者無與」的多向批評存
在的事實）（參見周慶華，1994：55~67）；可見連想要「接續」
傳統的研究模式，也不自覺的在隨新潮流而擺盪，使未來更充滿
著不確定的變數。

五、何處是歸途

　　古典文學研究已經演變到這種地步，我實在不知道要說什
麼話才好。曾經有外文學界的人這麼批評過：「在臺灣，真正能
跟法國文學研究的典律發展史相比的其實並不是由英語學界所主
導的文學理論研究，而是佔有本土地位的臺灣文學或中國文學研
究。臺灣文學研究目前尚不成氣候，很難說已經形成體制，這裡
可以不必討論；至於中國文學研究，不論就臺灣觀點來說或是就

中國觀點來說都是本土文化很重要的一部分，但在本地文學典律和文學理論的討論裡，中文學界大體上卻可以說是缺席了」（廖朝陽，1994）。這不禁要讓人「不勝唏噓」！似乎中國古典文學研究不是「前途黯淡」，就是將一再的淪落西方文學典律或文學理論「殖民地」的悲慘命運裡。

情況應該不至這樣糟糕才對！即使目前所見的「眾聲喧嘩」中的眾聲大多力道不足，也難保將來不會有「孤峯獨起」的可能性；而目前所見的「喧嘩眾聲」中的喧嘩主體無力挽回頹勢，同樣也未必將來不會有「個中高手」誕生的可能性。這就要看大家「鎔鑄眾長以出新意」和「後設反省能力增強」是否「與日俱進」而定了（參見周慶華，1997a；1997b；1999a；2000b）。

如果我們肯仔細回顧，當會發現中文學界在七、八○年代出現過一位奇才龔鵬程，它所開啟的「具有歷史文化意識的文學研究」和我稱它為「龔式的解構和建構策略」（詳見龔鵬程，1986；1988；1990；1992），是別人迄今所難以企及的。前者的研究方法，是透過歷史文化意識去理解、感知文學的流變和內涵，以及經由文學藝術來省察審美意識的底蘊，冀能通貫古今，並有以融攝中西；後者是為了更能達到前者的目的而採行的輔助性作為，藉由對相關研究未能照顧「正反」兩面文獻的解構來建構他的文學文化觀，整個體系博大精深，可說特能獨標新學。然而，從九○年代以來，新思潮連番的湧入（如後現代主義、女性主義、後殖民主義，以及融合了許多新理論的文化批評等），中國古典文學研究者所要面對的「挑戰」更甚於過去，再啟「新

猷」的迫切性和必要性可想而知。因此,在走過九〇年代的一段「曲折」道路後,我們仍得自問「出路」的問題以及勉力尋找「自主」的良方。而這一點,如今所能激發我們重新出發的動力的,就是如何的設法把中國古典文學的「優質素」或「異類性」轉用來滋養臺灣文學的創新性發展,以為完備這類研究的時代意義和價值。而這就可以在本書的脈絡裡發揮它的「功能」,從此大家得以知道還有一個能夠「取鑑」的對象存在。

第九章　後臺灣的兒童文學創作與研究

一、臺灣的兒童文學

　　兒童文學是近代西方人文理性擡頭下的產物。先是比照一般人脫離中古世紀神學籠罩後所要凸顯的自主性，而重視起即將「長大成人」的兒童這個層級的獨特性；後是認為兒童既然要長大成人，那麼他們也該有文學的涵養，以便為在人來說所不可或缺的審美心靈的深化奠定基礎。這在早期以改寫或創作「適合兒童」欣賞的作品為主（可以《格林童話》和《安徒生童話》為標誌），晚期則朝向「專為兒童」需要而創作的途徑邁進。

　　綜觀兒童受到重視而隨後有兒童文學的興起，這在西方已經有二、三百年的歷史〔參見艾斯卡皮(D.Escarpit)，1989；湯森（J.R.Townsend），2003；吳鼎，1991；葉詠琍，1982〕。但在中國原來並沒有兒童文學這種東西，僅見的一些啟蒙教材（如《三蒼》、《急就篇》、《孝經》、《論語》、《女誡》、《千字文》、《開蒙要訓》、《蒙求》、《太公家教》、《兔園冊》、《百一詩》、《雜鈔》、《雜字書》、《三字經》、《百家姓》、《神童詩》、《千家詩》、《二十四孝》、《對相四言》、《朱子治家格言》、《日記故事》、《幼學瓊林》、《龍文鞭影》、《唐詩三百首》、《昔時賢文》、《女兒經》、《弟子規》等）所傳授的內容也不過是要兒童提早體驗成人的生活（參見周慶華，2000b：121~140）；直到近百年來西方文化陸續

傳入後，兒童文學的觀念才開始引進而在中土社會萌芽成長。至於臺灣，從上個世紀五〇年代以還（緣於一些作家隨著國民政府遷臺，在此地辦報、設出版社、獎掖兒童文學創作，而逐漸帶動起兒童文學的生產、傳播和接受的熱潮），就頗積極要跟西方的兒童文學接軌，迻譯、創作、傳播、研究等都不落人後。

　　大體上，有幾項指標可以看出臺灣的兒童文學在這五〇多年來努力「進取」的跡象：首先是創辦兒童雜誌和兒童報紙，如《臺灣兒童月刊》、《小學生雜誌》、《小學生畫刊》、《學友》、《東方少年》、《幼獅少年》、《小樹苗》、《紅蘋果》、《小袋鼠》、《月光光》、《兒童月刊》、《小讀者》、《大雨》、《風箏》、《布穀鳥》、《滿天星》、《國語日報》、《兒童日報》等，這些專屬性的雜誌和報紙所開闢的兒童文學版面，提供相關作品發表的機會，對於推動兒童文學的創作風氣實有莫大的助益。其次是專業或附屬的童書出版社的設立，如東方出版社、國語日報社、民生報社、臺灣省教育廳、書評書目出版社、洪建全教育文化基金會、九歌出版社、幼獅文化公司、富春文化公司、天衛文化公司、小魯出版公司、皇冠出版公司、信誼基金出版社、親親文化公司、愛智圖書公司、光復書局、漢聲雜誌社、張老師出版社、新學友書局、遠流出版公司、格林文化公司、童書藝術國際文化公司等，這些出版社所出版相關的系列作品，不啻直接帶起了兒童文學創作的熱潮。再次是兒童文學獎的舉辦，如教育部優良兒童讀物獎、臺灣省教育廳兒童文學創作獎、中山學術文化基金會中山學術文藝獎兒童文學

類、國家文藝基金會國家文藝獎兒童文學類、新聞局小太陽獎、文建會兒歌一百徵選、高雄市兒童文學寫作學會兒童文學創作柔蘭獎、師院生兒童文學創作獎、洪建全兒童文學創作獎、中華兒童文學獎、東方少年小說獎、信誼幼兒文學獎、陳國政兒童文學獎、國語日報兒童文學牧笛獎、九歌現代少兒文學獎、臺東大學兒童文學獎等，這些兒童文學獎所獎勵的相關的創作，更加推波助瀾兒童文學向「自產性」高峰發展。再次是兒童劇團、兒童文學學會、兒童文學學術研討會、兒童文學的研習和教學研究等等的創設和建制，如兒童教育劇團、水芹菜兒童劇團、魔奇兒童劇團、杯子兒童劇團、九歌兒童劇團、臺東兒童劇團、蘭陽兒童劇團、小木偶劇坊、如果兒童劇團、信誼基金會小袋鼠說故事劇團等兒童劇團的組成及高雄市兒童文學寫作學會、臺北市兒童文學教育學會、臺灣省兒童文學協會、中華民國兒童文學學會等兒童文學學會的創會和各師院語文教育學系所舉辦「兒童文學與語文教育學術研討會」、靜宜大學文學院所舉辦「兒童文學與兒童語言學術研討會」、臺東大學兒童文學研究所所舉辦「兒童文學學術研討會」等以及佛教慈恩育幼基金會所創辦慈恩兒童文學研習營、各公私機關團體所創辦兒童文學研習會、各大專院校兒童文學課程的開設、臺東大學兒童文學研究所的設立等，這些環繞著兒童文學的傳播和推廣等活動的策劃和執行，也多方的刺激了兒童文學的成長。而由此也可見兒童文學這一「後起之秀」或「附庸蔚為大國」的實體，在臺灣這個彈丸之地所受廣泛重視和特加憐愛的一斑。

二、「蓬勃發展」背後的隱憂

如果僅根據上面的描述來看，那麼我們自然很容易就得出臺灣的兒童文學確實在蓬勃的發展著的結論（其他的論者也多有類似的評斷，詳見邱各容，1990；洪文瓊，1999；林文寶主編，2000a）。但所謂的「蓬勃發展」卻未必同時也保證了兒童文學品質的優良化；這當中還有一個「質精與否」的環節有待突破。換句話說，「蓬勃發展」是社會經濟力和文化動員的展現，它可以通到其他領域而一起共享時代榮景所帶來的便利和歡慶，但要論到「實質」的斂聚或「格局」的開展，卻不一定可以從這一波的躍動中加以驗收。而所以要這樣說，顯然這裡已經隱含有我個人的不樂觀判斷。

這一點，可以從兩方面來說：第一，臺灣的兒童文學的「發展」趨勢，是追躡著西方的腳步在尋求「並比」榮耀的，從生產到傳播和接受等等幾乎都是一窩蜂的「向西方看齊」；以至明眼人不免就會看到一個怪異的現象，就是臺灣整體的泡沫經濟也「下貫」到兒童文學的相關經營而競颺起「短線操作」的風氣。不但有高投資高報酬的量產企劃和執行（如各種精裝套書的生產之類），還有五花八門的促銷手法以及各種讀書會的開辦和導讀人力的培訓措施等等，彷彿一夕之間就要改造這個社會向來欠缺兒童文學「滋潤」的體質；殊不知這麼一來只平添了整個社會的「消化不良症」，卻如何也看不出大家已經走在一條可以穩健發展著的道路上。第二，在所有的注意力都擺在「勤耕」兒童文學園地和「廣開」兒童文學市場等層面上的同時，另外一個弔詭的

現象也發生了。也就是說，大家都還莫名其妙兒童文學到底是怎麼一回事，就胡亂的要搶攻「兒童文學」的灘頭堡；結果所有向著兒童文學的傳播和推廣等活動，只能是一邊「摸索」一邊「前進」，到現在還在猶豫著走那一條路才算「上道」。

以臺灣近二、三〇年來的高密度的出書量（詳見林文寶主編，2000b）來推測，兒童文學的總產值也該有專屬的「一片天空」；但當我們所走的是西方先進國家所准則的道路時，一切的價值評估就得「重新來過」。這不妨以整個傳播機制所集中或極力形塑發露的精裝套書的生產接受模式為例，依理它在西方社會略有展現富有、強調審美情趣、表現技術、試圖改變認知習慣（特別指繪本的多重文本取代傳統的單一文本方面）和高回饋希求等考慮；但在臺灣這一資源匱乏和技術短缺的地方，只能片面依賴別人的資源供給和技術轉移（支援），連一點「獨立自主」的機會都沒有，更別說能像西方社會那樣源源不絕的開啟「更新模式」的契機了。因此，有論者所說的「有人把解嚴後的臺灣兒童文學的多元化現象，解釋為國際化或後現代狀況。不過，我們必須辨明的是後殖民和國際化或後現代狀況之間有一最大的分野，乃在於前者強調主體性；而後者傾向於主體性的解構。國際化或後現代主義並不在意歷史記憶的重建，後殖民主義則非常重視歷史記憶的再建構。展望臺灣的兒童文學，仍是多元共生和眾聲喧嘩。但在多元性中，可見我們的記憶、我們的歷史，更見我們的主體性和自主性」（林文寶等，2001：302），就成了一大反諷！換句話說，臺灣的兒童文學要尋求主體性的建立，就不會

跟在別人後面「亦步亦趨」；現在既然相關的觀念和實踐都西化
了，又那能雕繪出什麼「自家面目」！

其實，目前還有一個更嚴重的「電腦科技殖民」問題等著
我們去面對解決。它是隨同電子化思潮而展開的兒童文學數位創
作、傳播和接受的新局面；在這個新局面中，多媒體的運用和網
上的互動成了新的「追星族」的最愛。所謂「電影之所以迷人，
是它可以綜合呈現聲音、文字和影像等元素的特質，你可以稱它
為多媒體，但它仍是一種單向、刻板的傳送方式；如果今天有一
個管道（電腦），不但能結合文字、圖像、聲音、音樂、動畫、
影像及虛擬實境等訊號，而且還可以跟觀賞者互動，那豈不是更
迷人，對製作者來說也更有成就感」（鄒景平等，1998：26），
這在相當程度上描繪出了電腦科技的魅力；而關心兒童文學前景
的人也不能「免俗」的要在這裡「討活計」，以便締造一個兒童
文學的新世紀（參見張水金，1999；帥崇義，1999；臺東師院
兒文所編，1999）。但問題是誰敢保證這種高度耗費資源的舉動
可以無止盡的持續下去？難道它不是像一些有識之士所洞見的
要更加速促使能趨疲的來臨呢：「電腦科技持續發展，資訊必定
大量增加；而這些資訊又往往轉變成能量的鉅量耗用，隨之而來
的就是混亂的升高，愈趨集中化和專能化，以及伴隨著能趨疲加
速化而來的其他一切特徵」〔撮自雷夫金（J.Rifkin），1988：
261〕。而在這個過程中，所有軟硬體的開發都操縱在西方先進國
家一些電腦科技新貴的手裡（這些電腦科技新貴也成了當今新的
追星族追隨的對象），非西方世界的電腦使用者永遠只有臣服、

甚至片面被宰制的分；這樣又如何能夠沾沾自喜的聲稱臺灣的兒童文學也要徹底的脫胎換骨了？因此，依賴西方先進國家所創新的電腦科技，就難以跟人「爭鋒」（並以它來顯示自主性）；而想要跟人「爭鋒」，就必須設法擺脫電腦科技的殖民而另尋他路發展。所有關心臺灣的兒童文學前途的人，可有這個識見和能耐？顯然這得讓人再多一重擔憂了。

三、創作與研究的「提升」無力

嚴格的說，臺灣的兒童文學在為求自主的層次上，是還乏善可陳的。以一般文學的發展進程來看，已經從前現代的模象／寫實模式跨越到現代的造象／新寫實模式和後現代的語言遊戲模式、甚至網路時代的超鏈結模式（按：當今所見的兒童文學的數位創作，僅止於將作品數位化處理以及連帶附加一些動態展示或少許的故事接龍，對於「道地」的數位化作品的創作仍然無能為力）（參見周慶華，2002a；2003），而臺灣的兒童文學創作和研究卻還耽溺在前現代的模象／寫實模式的歡悅裡，二者相差豈可以「道里計」！就因為這個緣故，臺灣的兒童文學最基本的創作和研究功夫依舊沒有「大幅度」的成長。

就以有些論者所揭發的臺灣一地近期的童話創作所感興趣的顛覆改造、多元思維等「遊戲」性（詳見洪淑苓，1998；張嘉驊，1998）為例，它也只不過是前現代的「語用學」式的（形成交互影響的態勢），根本還搆不上現代的「結構主義」式的（零度寫作）和後現代的「後結構主義」式的（文本相互指涉）或

「解構主義」式的（意符追蹤遊戲）（有關語用學式的遊戲觀以下，詳見第五章），以至不但顯不出童話創作基進創新的本事，還一併「拖累」童話研究的難出新意（論者有的也身兼童話創作者，識見自然僅止於他所說的那個樣子）。再以少年小說為例，臺灣一地僅見的李潼一篇模仿現代派綜合型作品＜竹藪中＞（日人芥川龍之介所作）而寫成的＜鬥牛王／德也＞，也缺乏「特色」（甚至可以說沒有「現代」味）。理由是：芥川龍之介這篇小說在說「一個叫做多襄丸的強盜，打劫了一對行旅中的武士夫婦，並對武士夫婦施以強暴；武士遇害後，他的妻子逃逸無蹤，而強盜後來被捕」的故事（詳見賴祥雲譯著，1995：155~167）。但武士遇害這件事卻有好幾種不同的說法；而且每一種說法又都能「言之成理」（如多襄丸的口供說他把武士誘進竹林裡並加以殺害；武士妻在寺廟懺悔說她被強盜凌辱後要跟丈夫一起尋死，但先刺死丈夫後卻沒有勇氣自殺；武士的鬼魂藉靈媒的口說他受不了妻子遭凌辱後禁不住強盜的花言巧語，最後變心棄他而去，他羞憤的拾起強盜遺落的刀子插進自己的胸膛而死，彼此都看不出有「破綻」），導至整個事件在文章結束後還是「撲朔迷離」。這篇小說中的「開放性」的結局以及第一人稱觀點且不斷變換敘述者等反熟悉化或陌生化的敘述技巧，就很有可看性；而它所要表達的事件「真相」會因觀看角度或特殊立場而有不同認定的主題，也很有啟發性（符合現代派作品創新世界／造象的要求）。換句話說，讀者會從這裡得到啟蒙（在看待事物時不會輕易的以自己所見的為真），並且習得一種高明的寫作技巧（參

見周慶華，2001a：190~191）。至於李潼這篇（少年）小說，故事就比較單純。它是以鬥牛王／德也準備來個「人球灌籃」為引子，透過球友、球迷、德也前任女友及德也本人的敘述，將德也的灌籃夢予以不同的詮釋；而到最後仍然不知道德也究竟有沒有表演人球灌籃這個瘋狂的舉動（詳見張子樟主編，1998：146~159）。這明顯有＜竹藪中＞的影子，但實際上卻遠不如＜竹藪中＞能震撼人心。畢竟＜鬥牛王／德也＞是對尚未發生事的預測（這是許多人都可以這麼「紛紛揣測」的），並不怎麼新鮮；而＜竹藪中＞是對已經發生事的推測（結果卻是如此的分歧），那種讀來猛地被撞擊一下的「驚異」感，是前者所不可能有的。因此，＜鬥牛王／德也＞如果不是「模仿失敗」，就是「技不如人」（參見周慶華，2002a：353~354）。由這分佔兒童文學兩大領域的童話和少年小說（前者為兒童文學的「代表」，後者為兒童文學的「新寵」）都還「突破無門」的情況來看，臺灣的兒童文學想要「獨樹一幟」而在國際上揚眉吐氣，可就有得等待了。

那麼兒童文學研究方面又如何？幾年前我個人所指出的缺少相關命題（如分類命題、價值命題、影響命題等）的建立而建議大家改朝向強化方法論的反省、對象的拓展和跨科的論述等途徑去改善（詳見周慶華，1998），至今並未見什麼回響，使得坊間雖然有不少的論著充斥，卻多觀念陳腐、方法素朴而無從帶領風潮。且以適合兒童欣賞的神話和專為兒童創作的童話（不論早期的情況）作品為例，一般對於它們的「來龍去脈」都不甚了了，更遑論能從這兩類作品的研究中規模出什麼「新思維」了。如在

神話方面，有底下這一代表性的說詞：「希臘之神話中，多言神人之衝突，神之播弄人……人由神造之歷程，在希臘及猶太教神話中，亦皆有極詳細之描寫。凡此等等，皆足證在他方宗教中，神高高在上之超越性與人神距離之大……中國古代神話中，有關於大禹治水之神話，有后羿射日之神話，有夸父追日之神話，有嫦娥奔月之神話，有共工氏怒觸不周之山而天柱折之神話，有女媧氏煉石補天之神話，有倉頡造字『天雨粟，鬼夜哭』之神話，有神農嚐百草之神話，此皆為人力勝自然、補天之所不足之神話」（唐君毅，1989：29~30）。這僅以「為人力勝自然、補天之所不足」和「神高高在上之超越性與人神距離之大」來區別說明中西神話表現的差異，顯然是不夠的（也就是我們可以再追問為什麼有這樣的差異）；它還得追溯到中西方的宗教信仰才行。在西方，因為以上帝（神）為主宰，所以才有戀神情結和幽暗意識的存在（戀神而不得，必致怨神，所以有人神衝突；而人有負罪墮落，不聽神遣，所以會遭神懲罰播弄）；而在中國，沒有唯一主宰的觀念（在氣化觀底下，只有「泛神」信仰），所以才會有那些「人化」的神話被用來共補天地人間的「缺憾」（參見周慶華，1997b：124~125）。至於中西方又為何有不同的信仰存在，這就沒有什麼跡象可以考得了（它可能是受各自背後神靈的啟示或偶然靈光一現而開始這種差異信仰之旅）。又如在童話方面，大家始終都能為它內涵的奇幻性或虛幻性所著迷，但在理解上卻只能做到它是「為符應兒童的智識未開或為滿足兒童好奇的本性」一類的了知（參見洪汛濤，1989；陳正治，1990；

洪文瓊主編，1989；周惠玲主編，2000；格林兄弟，2000；張嘉
驊，1996；廖卓成，2002），而根本還沒有搆到這種奇幻或虛幻
色彩的內在根源。就以童話中常見的巫婆角色為例，她的存在多
半代表著「邪惡」；而「每個重要的童話故事其實都在處理一
項獨特的個性缺陷或不良特質。在『很久很久以前』之後，我
們將會看到童話故事處理的正是虛榮、貪吃、嫉妒、色慾、欺
騙、貪婪和懶惰這『童年的七大罪』。雖然某一個童話故事可
能處理不只一項『罪』，但當中總有一項佔主要地位」〔凱許登
（S.Cashdan），2001：35〕，這就由巫婆在「擔綱」演出，將
那些罪惡「攏總」的承擔起來。而最後巫婆也「一定要死」（同
上，42~43），才能大快人心！但我們要納悶的是為什麼這種角
色是一個「女性」？一般人都很少思考這個問題，以至相關的
理解等於沒有理解。其實，這跟西方人的負罪觀念有密切的關係
（童話起源於西方，所以只能從西方去追溯根源）。在《舊約・
聖經》〈創世紀〉裡明白的記載了人類的墮落是從夏娃受蛇引誘
而偷吃禁果開始的（她偷吃禁果後又拿給亞當吃，亞當也才跟著
一起墮落）。因此，「罪」是從夏娃一人開啟的；而她一人所無
法「全部」承擔的，就有可能被轉移到其他的女性身上（也就是
其他的女性會被連累而一併遭忌受怨）。所謂的巫婆，就是在這
種氛圍下被創造來受「類型」式的指責的。而她在西方的文化傳
統中，也合該得到這樣的待遇（除非西方人不再留戀他們的宗教
信仰）。所謂「在中世紀晚期，教會對人們熱衷於奉獻聖母瑪利
亞的現象感到不安，於是下令禁止人們向祂禮拜。因而在十四世

紀之後，對女性的敬重也漸趨式微了。許多婦女失去她們的財產所有權；在某些國家裡，女人竟然成了她們丈夫的禁臠。黑死病的流行，甚至進一步貶低婦女的地位。在瘟疫流行期間，死神的象徵符號成了『一個罩著黑色斗篷、留著長髮的老女人。她的眼神令人不寒而慄；隨身帶著一把寬刃、致命的大鐮刀。她的腳下是爪而非腳趾』。（而）晚近這三百年裡，對死神的恐懼，還有逐漸受到抑制想像力以及對自然界的誤解，都助長了歷史上這段最要命的時期。把女巫送上火刑臺，是歐洲歷史文化中最黑暗的秘密之一。大約有九百萬的女人（還有一些男人）被指為女巫，在火刑臺上被活活燒死。為了減輕婦女分娩時的痛苦，許多產婦竟然遭到殺害。這似乎逾越了僧侶的角色了；而且跟《聖經》中要女人因為夏娃的行為而受苦的誡命相違。那些懂得運用草藥的療效和知道其他自然療法，以及因為懂得觀察季節變化和陰陽曆法而被視為異教徒的女人，都被懷疑是在施行巫術。言行並不符合社會習俗所規範的女性角色的女人（因為她們是聰明的，或是因為她們未婚、沒有子嗣，或擁有財產），全都生活在恐懼中。她們之間有許多人被扭送到有關當局，受到不公正的審判，嚴刑拷問，然後被處以死刑。許多人就這樣在火刑臺上結束她們的生命」〔艾翠斯（L.Artress），1999：175~177〕，這段話所提到西方婦女被怪罪的因緣，多少都可以用來印證這裡所說的話。而從另一個角度來看西方的神話和童話，正好體現了兩種「對立」而「互通」的思維；也就是西方式的神話是西方人「模擬」上帝創造的行動而出現的一種文體，而西方式的童話是西方人「模

仿」上帝創造的風采而出現的一種文體（以超現實的創作來展現人「操縱」語言構設事件的「不可一世」的能耐），彼此在表面上相對而實際上卻是相通的（也就是只要敬仰了上帝，難免就會接著想辦法「媲美」上帝；而神話和童話的創作正是能夠滿足這類的需求）。我們如果要理解這兩類作品的相關的創作經驗，而不以上述所提供的資源為依據，就不曉得還有什麼更可稱道的資源可以援引。相同的，中國傳統的神話形態不一樣，也缺乏西方式的童話，就是根源於中國傳統並沒有西方人的宗教信仰；彼此原有不可共量的因素在，很難相互遷就（參見周慶華，2002a：297~300）。試問沒有這樣的「知識」背景，又如何能夠有效的揭發這兩類作品在中西方「各有專擅」（當中童話為西方所獨創）的底蘊？更何況研究這兩類作品究竟要導到什麼「目的」上去，也還欠缺必要的價值意識和方法論的自覺呢！

四、走向創發新類型的途徑

　　因為臺灣一地的兒童文學創作和研究到現在為止還無力提升成效，而表面的蓬勃發展現象又掩蓋不住內裡自主性的匱乏，所以整體上是無法教人樂觀前景的（如果有人一定要認為臺灣的兒童文學已經邁向坦途了，那麼他不是昧於事實就是別有用心，大家依舊得小心因應，才不會錯失可以重為「奮起」的良機）。倘若要改變這個事實，那麼就得另外尋找「開新」的途徑；而這大概沒有比創發新類型更稱便利的了。

　　所以說創發新類型是改造臺灣的兒童文學命運的憑藉，這

是有一些前例為鑑的。首先，傳統中國的文學「發展」史，就是靠著創新類型在支撐。所謂「夫設文之體有常，變文之數無方，何以明其然耶？凡詩賦書記，名理相因，此有常之體也；文詞氣力，通變則久，此無方之數也。名理有常，體必資於故實；通變無方，數必酌於新聲。故能騁無窮之路，飲不竭之源。然綆短者銜渴，足疲者輟塗，非文理之數盡，乃通變之術疏耳」（劉勰《文心雕龍‧通變》，范文瀾，1971：519）、「作者須知復變之道：反古曰復，不滯曰變。若惟復不變，則陷於相似之格；其壯如駑驥同廄，非造父不能變，能知復變之手，亦詩人造父也。以此相似一類置於古集之中，能使弱手視之，眩目何異」（皎然《詩評》，郭紹虞，1982a：211）、「夫文學不能立古人之前，猶之人類不能出社會之外。然而改革社會，豪傑之所能為；則變化古人，亦文學家之有事乎！變化如何？曰仍其義，變其例；仍其例，變其義」（金松岑＜文學觀＞，郭紹虞等主編，1982b：514）、「蓋文體通行既久，染指遂多，自成習套。豪傑之士亦難於其中自出新意，故遁而作他體以自解脫。一切文體，所以始盛終衰者，皆由於此」（王國維，1981：25）等等，都或多或少在指陳這個現象，而可以為臺灣的兒童文學界所多方「借鏡」。其次，西方從有兒童文學觀念興起以來，就不斷地開發出了一些特殊的類型。如「童話」這種擬人且帶奇幻色彩的作品以及「少年成長小說」或「少年科幻小說」或「少年魔幻小說」這種具有理性啟蒙或預言未來意味的作品等，這都已經隨著西方文化的（強為）遠播而為舉世所共同仿效，臺灣的兒童文學界也當從這裡領

悟「超越」的道理就在「另出異類」上。再次,人類的文學觀念及其實踐雖然經過了前現代、現代和後現代、甚至網路時代(從現代以下,都是西方所先開啟),似乎就快要「窮盡」了,但並不表示這已經是終點了,未來仍有再啟生機的可能性;而這也同樣可以期許臺灣的兒童文學界來「先馳得點」(如果必要,它無妨跳過現代和後現代、甚至網路時代這幾個階段而直接樹立新學)。

這一切,得有我經常提示的「基進」性的思維(詳見周慶華,1998;1999c;2001a;2002a;2003;2004),才可望突破眼前的困境而即刻踏上探求「生路」的新旅程。換句話說,它是要透過「曠觀古今」而找尋可以媲美現有特殊成就的相關創新形式類型或技巧類型或風格類型的途徑,才有所謂的轉機出現;而臺灣的兒童文學也才能走出自己的一片天空。現在所見的臺灣一地的兒童文學創作和研究,都還陷於「突進無方」的窘境(連一些最有希望帶領創新風潮的兒童文學獎,也還停留在徵選「既有文類」上,根本施展不開「突破」性的思維),而整體傳播機制又短少於反省規模「自立自強」的方案,以至亟盼所有關心兒童文學的人展現旋轉乾坤的本事在此刻也就顯得特別的殷切。

第十章　後臺灣文學的開展方向

一、展望臺灣文學

　　就在「臺灣文學」究竟要如何定位而還爭議不休時，臺灣內部已經發生過無數的文學創作、文學批評、文學傳播、文學教學、文學美學研究，甚至跟海峽對岸的文學交流等等。這顯示著文學自有它的發展的「規律」，任何人為的後發的定位（包括文學史的建構），都只是嘗試以當世意識去統攝「過去和未來」（參見陳國球等編，1997：7）。而這種統攝能否成功或進而能否引領風潮，就充滿著不確定的變數。依目前的情況來看，「臺灣文學」還是一個缺乏確切符旨的符徵；不但外界常帶「有色」的眼光來看它，內部也分化許多陣營而自我抵銷了「前進」的步伐。因此，「定位」臺灣文學，還會是大家所期盼的一件事。只是這種定位，不能再像過去基於權益的爭奪所出那種「一廂情願」式的認定，它毋寧要面向世界文壇來尋找出路。由於這條出路還不知道是否能有效的找著，以及找著後也不知道能否順利的向前開展，以至還需要有一章來專作「展望」的工作。

二、臺灣文學的定位問題

　　臺灣文學所以需要定位，大體上是由本土派所帶出來的。本土派的一些「絕決」的說詞〔如「以臺灣文學的發展史看，臺灣作家主張臺灣文學的『臺灣』二字，早已排除僅有地理位置標示

意義的說法，甚至也從未有人主張臺灣文學是在單獨反映臺灣的地理環境特質的文學。更明確地說，臺灣文學發展史已清楚的說明，臺灣文學上所冠的臺灣二字，絕非純因地域因素自然發生的僅有消極作用的地理名詞；反過來，它是經由臺灣作家，以將近七〇年的持續奮鬥的成果，臺灣文學的臺灣化，導引著臺灣新文學七〇年來的發展」（彭瑞金，1995：69~70）、「臺灣文學論述作為一種意識形態，它的對立面乃是『中國文學論述』這一統治者所推鋪支配的意識形態，而不是在臺灣的任何擁有不同意識形態、身分、背景或國籍的人民、作家，除非他們自甘內化，且認同意識形態國家機器的教化，並信它為真，而自以為是地對立於人民的論述」（向陽，1996：33）等〕以及由本土派分化出來的臺語文學派的一些「挑激」的話語〔如「詩必須用母語創作，因為母語是精神和感情的結晶體；不用母語，臺灣的文學永遠是具有奴性的殖民地文學」（鄭良偉編，1988：13）、「臺灣文學本土化的徹底完成，有待完成臺灣語的臺灣文學；並且透過臺灣文學的臺灣語，奠定臺灣語的學術地位，建設臺灣語的民族文學」（臺灣文學研究會主編，1989：230）、「要保留或更新臺灣本土文化，捨臺灣本土語言就無法完全做到。因此，在臺灣必須發展臺語書寫文......近四〇年來的事實，已讓我們看到要振興臺灣文化，必須發展臺語書寫文，而臺語文學就是淬煉臺文最好的途徑」（林央敏，1996：115~116）等〕，都會讓不苟同或敵對陣營的人難以「嚥氣」（詳見龔鵬程，1997；廖咸浩，1995；李瑞騰，1991；周慶華，1994）；同時本土派和臺語文學派的

隔空喊話和對罵〔如本土派人士數落臺語文學派人士故意「點燃語言的炸彈」或「大福佬主義作祟」（見彭瑞金，1991b；李喬，1991）；而臺語文學派人士也反唇相譏本土派那些反對者都是「客家人」（見林錦賢，1991）〕，也不禁讓人搖頭嘆息！至於相對峙的中國派「以大吃小」的策略，又給人有「自我矮化」（依附「中國」）的感覺；而隨後起的綜合派或折衷派將臺灣結或中國結「抹除」的作法以及海峽對岸的「招安」企圖，也始終不曾奏效或實現（詳見周慶華，1997a：36~56）。就因為有這種種「續發性」的歧見在相互抗衡對立，才使得臺灣文學一名至今還得不到安頓。

　　這樣說，是否表示當初要不是有本土派挑起臺灣文學的爭議，就沒有了臺灣文學的定位問題？這一點很難確定；但從臺灣一地始終存在著文學創作、文學批評、文學傳播、文學教學、文學美學研究等等不輟的現象來推，即使不自我稱號（臺灣文學），也應該不致對臺灣構成什麼「不利」才對。因此，臺灣文學的定位問題還要在此刻（或將來）再度的提出，就不是純為「統合」內部的意見（也就是找出大家都可以接受的說法），而是兼行考慮取得國際上的「法定」身分，甚至能深受國際人士的矚目。這麼一來，臺灣文學就需要有所謂的大敘述和後設敘述。這是比照歷史學的思維而來的：「所謂的『大敘述』，就是思想家們有關人類社會歷史的帶規律性的理論，也就是我們通常意義上的『歷史哲學』。主要的例子，有黑格爾『精神』在歷史中演化的辯證法、馬克思的歷史唯物主義以及亞當・斯密的財富說。

而所謂的『後設敘述』，則是指這些理論隱含的基本哲學前提，就是對普遍理性的承認」（王晴佳等，2000：73）。換句話說，臺灣文學不是內部自我標名的（如果內部有需要，但稱「文學」就行了），它是外界在思考區域文學時客觀認定的，這就必須有足以為外人區別於其他文學的特色，才能堅固臺灣文學的名號。而目前我們就是迫切需要構設一個具有「普遍性」特徵的臺灣文學的大敘述（及其背後的後設敘述），以便讓外人刮目相看。但遺憾的是，臺灣內部一直流於無關「前途」的細碎的爭議，還無力或無暇形塑一種能深為人所稱道且別無分號的文學。

三、臺灣文學的減法與加法

所以說臺灣內部一直流於無關前途的細碎的爭議，其實早有「教訓」了。如長期以來被本土派摒除於臺灣文學範圍的外省籍作家及其作品，並無法在海峽對岸取得「中國文學」的身分，而仍然被劃歸在「臺灣文學」的範圍（見林燿德主編，1993：212）。海峽對岸是「這樣」在看待我們的文學，其他國家的人那會例外？因此，倘若再持續區分你／我或敵對／同盟，又如何有助於臺灣文學在世界文壇挺立？最後豈不逕讓人家看笑話？

當然，臺灣文學各派別人士所以不顧外界的恥笑而要這般競勝到底，內裡自有不易拭去的權力情結在。所謂「權力不應被看成否定、壓抑、控制或禁令。相反，它應總被視為『一種可能性』，一種能產生特定行為和產品的開放性領域。由於權力自我分散，它打開了可能性特定的領域；透過對那些絕大部分是由我

們自己製造的制度和學科的駕馭，它建構了有關行為、知識及社會存在的全部範疇。在這些範疇內我們成為個人、主體，它們組成了『我們』……『權力』透過它分散的制度化中介使我們『主體化』：這就是它使我們成為『主體』，並使我們服從於控制性法則的統治，這法則為我們社會所授權、並給人類自由劃定了可能的、允許的範圍──這就是說，它『擺布』著我們……我們甚至可以假定，權力影響我們反抗它所採取的形式。換句話說，根據這個觀念，權力之外並不存在本質的自我；相應地，對權力任何特定形式的反抗──就是對任何散布的『真理』的反抗──依賴於權力而非某些有關自由或自我的抽象範疇」（蘭特利奇等編，1994：76~77），臺灣文學各派別至今仍不放棄自己的主張，就是相仿於這種情況。問題是爭鬥的結果，大家都在原地踏步，一點「長進」也沒有，這就讓人懷疑該爭鬥本身的意義和價值。

就本土派來說，它始終以「減法」的方式在界定臺灣文學（雖然它偶爾也會氣急敗壞的以「臺灣文學範疇裡，不但有中文文學，必然也包括了日本文學、英文文學、荷蘭文學，甚至西班牙文學……」來回應中國派的質疑。詳見第三章），最後只剩下一個社會寫實主義（且限定「臺灣意識」為它的內涵）。姑且不說現代主義和後現代主義這些前衛和超前衛的文學因該派人士的厭惡而被唾棄了，就連同為寫實系列的機械寫實主義、社會主義寫實主義、超現實主義和魔幻寫實主義等文學，也不曾看到被引為同夥，這未免「潔癖」過頭了（臺語文學派同一模式）！而就

中國派及綜合派或折衷派來說，又約略以「加法」的方式在界定臺灣文學；但它所包容的各類寫實主義以及現代主義和後現代主義等文學，卻依然不辨臺灣文學的獨特面目。因為這些類型，不論是在意義的蘊涵上，還是在形式的經營上，或是在創作和接受的心態上，幾乎都沿襲自西方；要以它們來「傲視群倫」，豈不是緣木求魚？平心而論，以大中國圈來說，源遠流長的古典文學傳統，才真正有它的特色。如格律化的詩詞歌賦，所顯現的精美別緻，舉世無雙；為佛教（講唱文學）所浸染的小說戲曲，韻散夾雜及宿命色彩，古來也「僅此一家，別無分號」；甚至各種詩話、詞話、賦話、文話、評點等論評，依然散采動人，在西方有體系的文學批評外自成一格。可是這些在當今的臺灣都已經一如黃花被委棄於地，重新拾起的是飄洋過海而來的西方的零縑碎羽。這麼一來，我們將要如何自我看待所要跨出的每一步（參見周慶華，2000a：15）？因此，如果各派別還是依照現有的方式「加減」臺灣文學，那麼臺灣文學想「出頭天」就有得等了。

其實，這不是「加法」或「減法」的錯；如果有一種「加法」或「減法」可以為臺灣文學規模出新路，它還是值得我們採用。只不過各派別的人士都沒有「對準」方向，以至蹉跎至今。這一為臺灣文學尋找出路的作為，前提正如我曾經說過的：「臺灣文學所以冠上『臺灣』一名，它的意義是要在面對其他地區（世界各國）的文學時凸顯的。因此，我們必須想想以目前本土派所限定的『社會寫實主義』和中國派所容許的『現代主義』或『後現代主義』，都不足以使臺灣文學在世界文壇上綻放異彩。

因為這些類型別人已經全部實踐過了，臺灣不過『隨人腳跟』或『拾人牙慧』罷了，那能喚起世人的注意？倘若要喚起世人的注意，就必須開發新的類型。這才是強調『臺灣』這個品牌所需獨立追求或合力追求的目標」（周慶華，1997a：61~62）。因此，以目前還少有人這般覺悟的情況來看，未來的道路仍會是荊棘滿布！

四、邁向一種新民族的文學

不論臺灣是一個怎樣多民族的國家（參見施正鋒編，1994），也不論臺灣的政治、經濟、文化是什麼類型（參見黃國昌，1995；張茂桂等，1994；張家銘，1987），它在面對國際環境時，都得以「高度成就」的姿態出現，才能贏得尊嚴和正面的聲譽；而文學的表現也不例外。這就涉及一個自我認同和智慧創發的問題。

現在臺灣內部還處在「分裂的國族認同」階段：「如果將臺灣國族主義的發燒現象取以衡諸世界各地國族主義的發展，相形之下可得而說的如下。臺灣的例子有兩點特色：第一，同樣是後殖民情境，別人的殖民主率領他的子民降旗歸國，但臺灣的殖民主於新喪原有宰制地位後，猶自留下來打拼；第二，臺灣國族主義作為島上後起的國族主義形式，卻處在中華帝國主義陰影之下，別國的例子則是在帝國無力反撲之下關起門來高唱無謂的國族主義。換句話說，頂著『中國陰影』從事國族打造工作的臺灣國族主義者，他的影響力相對有限。在這樣特色之下，臺灣不易

產生單一而且堅凝的國族主義」（盧建榮，1999：297）。從論者帶「一偏之見」的「特色」說來看，即使是由民進黨掌權，臺灣的國族認同還是會四分五裂（不因為是過去由國民黨執政的關係），畢竟這裡有內在的權力糾葛和外在的政治干預等多重因素在；解決不了這些內在的權力糾葛和外在的政治干預，臺灣就不可能有單一的國族認同。然而，我們要的自我認同，卻不是指這個（既然「吵嚷」了幾十年都無法形成單一的國族認同，現在再怎麼提倡呼籲還是會白費力氣），而是指認同未來而創造一個新民族。

「認同」一詞，原本是心理學中的概念，指人的個性在發展的過程中，對自己的本質、信仰及人生趨向的自我選擇。這是跨文化的人類普遍的心理現象；1960年代它被引進社會學、文化學的研究，則指根據自身的環境對自己的本質及價值作一種文化上認知形式的取向，同樣具有普泛的性質（參見包遵信，1989：35）。但一般在運用認同的概念時，卻把它侷限在對自己所經歷或所信仰的過去的傳統的緬懷、承繼和發揚上。好比「新儒家有的學者雖然也承認有各式各樣的『認同』，但他們所以要講『認同』的主旨則是意在強調『認同傳統』，所以他們把對傳統持批判態度這種『逆向認同』說成是『認同脫序』，只有『肯定自己的傳統』，才是『健全的認同』。難怪國內有的學者把新儒家講的『文化認同』和『尋根意識』等同了起來，並肯定這是標誌民族自覺，要求創造具有民族特色的現代化」（同上）。這並沒有什麼不好，只是「入手處」一有閃失或「進路」太過偏狹，就會

出現問題（好比當代新儒家僅摭取原始儒家的道德形上學，就狂想接合西方的科學和民主而開展現代式的內聖外王學，它的「慘敗」可想而知。參見李翔海，2000）；何況認同還有「開創未來」的積極面並未被認真或好好的計慮過呢！

　　臺灣文學各派別在將文學和臺灣連在一起而進行認同時，也存有類似上述的問題。他們都聲稱自己所認同的對象「真」的存在過，而且「史跡斑斑，不可改易」。可是為什麼各派別所見會如此歧異？難道不是各派別都「錯估」了自己所見的嗎？由很多跡象顯示，史實（經由敘述而成的）的認定並無絕對客觀的標準，任何人所提出的「標準」，最多只具有相互主觀性（能邀得同一社群或同一背景中的人的信賴）；而這還不是最重要的，最重要的是史實認定者的企圖。正如尼采所提示的，並無所謂「純粹的認知」，認知本身就是一種詮釋和評價的活動，一種意義和價值的設置建構。因此，大家所認定的「史實」，從來就不是什麼純粹的「史實」，而是一個意義價值界定的範疇。這個範疇，其實已形同一個崇高的「理念」，它不僅僅是可作為討論相關問題的依據，更是指導行動、定位行動主體的最高價值體系。而當大家在爭論誰所認定的「史實」才是真史實時，那並不是它更客觀或更真確，而是因為它更理想或更崇高。換句話說，史實的判定並不是認知層面上的「真／假」問題，而是價值層面上的「信仰抉擇」或「意識形態鬥爭」問題（參見路況，1993：122~123；周慶華，1996b：43~44）。因此，如果大家再躑躅於這種「無謂的爭議」和「偏狹的認同」的衚衕裡，只會白白錯過改造臺灣文

學命運的機會。倒不如一起來為臺灣文學尋找出路，締造一個有
高度成就的「新民族」的文學遠景。

五、開發新的類型與新的方法

　　所謂新民族的文學，是要去創發的。近年來還在倡導「臺
灣文學」的人，所看中的僅限於本土作家或寫實性的作品（詳見
鍾肇政，2000；趙天儀，2000；陳玉玲，2000）。這如果不是刻
意「排外」，就是帶有追趕不及而雅不願接納非寫實性作品（如
現代派、後現代派的作品）的「忸怩心理」。倘若是後面這種情
況，那麼可能會越來越「嚴重」；因為一個具有全新傳播媒體和
創作觀念的網路文學興起了。它的「新數位技術的線上出版」和
「利用HTML和ASP語言，動畫或JAVA等程式語言而創作出多向
鏈結且可以即時互動的作品」等趨勢（參見須文蔚，2003a），
恐怕將有更多人「折煞」在它面前。以至類似上面那種「揀容
易」似的偏好，就很難讓人想像臺灣文學是可以被帶「活」起來
的。先前一些同類型的著作（見宋澤萊，1988；葉石濤，1990；
彭瑞金，1995；陳芳明，1996；林瑞明，1996；許俊雅，1994；
張良澤，1996；陳明臺，1997），已經無法發出什麼特別的「預
期」，現在還是儘多這種見解，個人就不禁要更積極的籲請大家
趕快想想「下一步」。

　　換個角度來看，大家如果以為談臺灣文學只要去樹立一些
「紀念碑」就好了，那麼這跟當今整個社會沉浸在民主生活的
「歡悅」和「消費」裡又有什麼兩樣？所謂「就臺灣社會的歷史

特質來看，民主化的基本制度形式的具體化，大抵上讓這個社會長期存在的基本『大問題』的癥結解除掉，因而社會似乎一時喪失了需要創造或尋找『大論述』的動力。如今我們面對的，最重要的莫過於是：依附在既有民主理論的『大論述』旗幟下，對『民主體制』進行細部的修補工作。基本上，這是一種消費（而非生產）『大論述』內涵的理路的活動。用句通俗的話來說，這是一個收割而不是播種和耕耘的時代。無疑的，一旦人們以消費的態度來對待國族（文化）認同的問題，那麼它原先內涵的神聖嚴肅性和緊張對立性等等特性，都會為消費所內涵的喜悅歡愉的娛樂心理特質所沖淡。到頭來，國族（文化）認同的問題，成為只不過是歷史殘留下來的『陳腔濫調』東西，被人當成古董而懷著歡愉的心情來『把玩』，原先的意義於是被懸擱或甚至被撤銷掉」（《思與言》2000年9月號＜「共識與多元」對談會＞，葉啟政語），這對比於現有的臺灣文學的思考，豈不同樣會從此激喚不起「創造」的動力？因此，臺灣文學要面對世界文學，捨開發新的類型和新的方法一條路，是禁不起考驗的。

　　大家將會看到，時間越往後堆移，原先自己所加冕的「臺灣文學」就會越加沉晦（即使本來有人注意，久了也會感到厭倦、甚至加以唾棄），以至於被世人所淡忘。因此，我們終究要追問「如何才能使臺灣文學起死回生」？這就得有勇於創新的心理準備。我們看世界文壇不論是所能風行的文學作品，還是諾貝爾文學獎桂冠所獎賞的文學作品，幾乎都有某些「獨特性」作為標準。如前者就具有「象徵主義、未來主義、表現主義、存在主

義、超現實主義、魔幻寫實主義、現代主義、後現代主義」等類型和「形式主義或新批評、精神分析學批評或神話原型批評、結構主義、符號學、現象學、詮釋學、讀者反應理論、接受美學、對話批評、後結構主義、解構主義、新馬克思主義、女性主義、新歷史主義、後殖民主義、混沌學批評、系譜學批評」等方法特徵；而後者也有「人文精神」此一理想傾向的考量（參見周慶華，1996b；茉莉，2000）。臺灣文學如果不能在這一新創的層面上「力求與人異」，就只好繼續被邊緣化。而前面所說的大敘述和後設敘述，就是特指開發一種（或多種）可以「匯入世界文學之流」的新作品類型和新批評方法；而它的「光大世界文學」的內在驅力（也就是合於世界文學運作的規律），也將是獲得普世認同的最佳保證。至於開發新的類型和新的方法的途徑，則有待大家勉為嘗試，或獨立猛闖，或合力經營；而藉來創新的資源，或古或今，或中或西，都無不可。

六、到世界文壇去接受考驗

從整體來看，臺灣文學所受到國內外關愛的眼神並不少（詳見文訊雜誌社編，1997、1998、1999、2000；行政院文化建設委員會編，2002），而「研究的成績」也不遜於其他領域（參見羅宗濤等，1999）；尤其是1997年和1999年分別於淡水工商管理學院（已改名為真理大學）和成功大學成立的臺灣文學系和臺灣文學研究所，更讓人覺得是臺灣文學持續「顯學化」的徵象（參見孟樊，2000。按：陸續又有國北師院臺灣文學研究所、清華大

學臺灣文學研究所和靜宜大學臺灣文學系等成立）。此外，有些作家（如李昂、羅青、朱天文等）的作品，也被翻成多國語文，多少也讓外國人知道「臺灣」是有文學的。然而，這一波「躍動」，還是看不出臺灣文學在世界文壇上具有舉足輕重的地位。內部的「自吹自擂」或「相互征伐」，始終產生不了「新意」，也推出不了「新作品」；而外界所「看重」的或所「吹捧」的，也僅止於在臺灣重現的西式的女性主義、後現代主義、同志論述等作品，這除了讓他們滿足一點窺伺慾，對臺灣文學並沒有增加「重量」的作用。臺灣文學仍然展現不了特殊的色彩（即使是正在興起的比以解構為核心的後現代主義還要基進的「超解構」式的網路文學，它是否能帶領風潮，也還是個未知數），我們必須努力的地方還很多。2000年瑞典皇家學院把諾貝爾文學獎頒給留法的中國大陸作家高行健，被認為「政治考慮」多於「文學考慮」（詳見仲維光，2000；馬建，2000；馬森，2000）；因為百年來「中國人」都在諾貝爾獎上缺席，現在頒給一個並不符合諾貝爾遺囑所說的「理想傾向」的作家，它的「補憾」或「安慰」的意味濃厚。而對「臺灣人」來說這又有什麼意義？我想文學的桂冠固然可貴，但最重要的是人類的文化需要「新生」，而文學人不可能從這裡逃遁。只要我們在更新人類的文化上有了貢獻，自然就會有人垂青賞愛；而即使緣慳於什麼獎勵，也無礙於它在人類歷史上所綻放的光芒。正可以這一點，期待此地的文學人來體證實現。

第十一章 結論

一、主要內容的回顧

　　本書以「後臺灣文學」標名，在時間的進程上自有非時代任何學問可以比擬的特性。也就是說，後臺灣文學的「後」，可以有當前仍在沿用的「後現代」或「後設」的意思；但又大不相同。一般所說的「後現代」，它有某些可以考察的文化邏輯，如「體現在哲學上，則是『元話語』的失效和中心性、同一性的消失；體現在美學上，則是傳統美學趣味和深度的消失，走上沒有深度、沒有歷史感的平面，從而導至『表徵紊亂』；體現在文藝上，則表現為精神維度的消逝，本能成為一切，人的消亡使冷漠的純客觀的寫作成為後現代的標誌；體現在宗教上，則是關注焦慮、絕望、自殺一類課題，以走向『新宗教』來挽救合法性危機的根源——信仰危機」（王岳川等編，1993b：代序38）；但在後臺灣文學方面則不只以多元訴求為正當性話語，它還有更積極的勸導創新類型的作為。此外，「後設」一詞是「自我意識」的稱呼（參見渥厄，1995）；用在臺灣文學上，就是對既有臺灣文學的主張及其實踐的反省或質疑。不過，它還有是只具中性的「哲學方法論」上的意義還是兼具非中性的「規範理論」上的意義的爭議（參見傅偉勳，1990：6～7；周慶華，1997c：200～204）。而本書中的後臺灣文學則無疑是規範性的；為了避免混淆，這裡還是要跟後設稍作區別。換句話說，後臺灣文學是相對於前臺灣文學而命名和定位的；它是不滿於既有臺灣文學相關的主張及其

實踐的「乏效」而提出的，希望能循此「突破舊規」的路線而開展出臺灣文學的新的面貌。

這個新的面貌，是以舉世所期待的「新形式類型」或「新技巧類型」或「新風格類型」來自我標誌的。因此，在〈緒論〉中就直接以這種「前瞻」或「期待」的方式來看待臺灣文學，一方面藉以解決長期以來的有關臺灣文學的「歧見」問題；一方面則藉以促動大家早發「慧見」而邁向世界文學桂冠的道路。至於〈後臺灣文學史的書寫〉、〈後臺灣網路社會中作家的命運〉、〈後臺灣的歷史文學提倡途徑〉、〈後臺灣的原住民文學〉、〈後臺灣的兒童文學創作與研究〉等章，則「舉實例」以證這一思路在相對上的必要性；而〈後臺灣的文學思潮〉、〈後臺灣新世代詩人的語言癖好〉、〈後臺灣的中國古典文學研究〉等章，則重在「取鑑」或「戒惕」意涵上，以便多方的呼應〈緒論〉所縮結的論點。此外，另有〈後臺灣文學的開展方向〉一章，更為集中力氣將這一新蘄向作一較為具體的宣示。雖然為了行文的順暢而難免會在各章中有某些語句或推斷上的重複，但大體上都以「廣開面向」而「集中論點」的方式在處理相關的課題。希望早日看到臺灣文學躋進世界文壇而受到世人的矚目，才能了卻一段作為一個論述者「關懷」臺灣文學的心願。

二、未來研究的展望

現在一些臺灣文學的研究者，仍然還儘多抱持類似「（二〇世紀）七〇年代的鄉土文學運動，修正了文學偏離社會的問題；

論戰的引發，則進一步確認了鄉土文學的發展路線，對於臺灣文學發展有著路線釐清的作用」、「文學創作方面，的確因解嚴後的報紙增張及新報紙的創刊，增加了不少發表園地；但創作心靈的解嚴，卻還有一段漫長的路要走。解嚴後創辦的《自立早報》及《首都早報》副刊，在臺灣文學的推動上都有卓越貢獻」、「無論那一種文類，原住民書寫文學都能結合自己的文化、歷史和生活，將神話、傳說、民情風俗、語言以及現實生活的課題，巧妙地融入文學創作，成為（二〇世紀）九〇年代臺灣文學中最具創意、最具啟示性的文學新生力量」（並見施懿琳等，2003：188、200、213）這種「自誇」、「吹捧」的論調。這對於臺灣文學「前景」的規模一點也使不上力；更不要說它還要區劃出一個「不認同者」的敵對陣營來自我抵銷前進的步伐。

從整體上看，學界相關的研究大多還「停留在爬梳、追溯式的『臺灣文學研究』的階段，而很少朝向批判、展望式的『研究臺灣文學』的新路去努力，還看不出能起『改變』臺灣文學生態的作用。在內在理路上，所謂『臺灣文學研究』，是以『臺灣文學』來限定『研究』：當中『臺灣文學』是『主』，而『研究』是『副』。也就是說，這種研究意識，是先假定了臺灣文學的『先在』，而後才據以為研究的對象。結果是研究者深怕破壞了他心目中所崇仰的文學『威權』，而有意無意的在維護它的『純潔性』或『理想性』，造成左一個『偶像』、又一座『紀念碑』的盛大懷舊景象。而所謂『研究臺灣文學』，則是以『研究』來統攝『臺灣文學』：當中『研究』是『主』，而『臺灣文學』

是『副』。也就是說，這種研究意識，是先假定了研究的『先在』，而後才以臺灣文學為試煉的對象。它的用意在於發掘問題和解決問題，自然不必顧及臺灣文學『既有』的什麼形象，也毋須針對某些人事或議題特別加以維護。雖然二者所認知或所條理的臺灣文學，都帶有臆想性或虛構性（也就是為論述及其他目的而執意形塑了它），但後者的『透視力』和『開展性』卻遠非前者所能及，也才足以規模出臺灣文學『前進』的道路」（周慶華，2001c）。可惜的是：大多數的研究者還「無力」跨過這個關卡，徒讓「研究臺灣文學」空有盛名，也讓相關的研究成果還難有「升級」的機會。

此外，也由於相關的研究「『建樹』或『開新』的成分不多，所以連帶關係到『相互激勵成長』情況的闕如。比如他們動輒要去分析作品中的思想情感或挖掘作品中的特定意識，卻不知道背後還有權力意志（個別的或集體的）更具決定性的力量（而得妥善處理）；而論及文體前後的遞嬗或文學和社會的互動，也慣常以『正影響』來衡量，忽略了裡面可能存在著更有看頭的『反影響』未被發掘（而當引以為憾）。此外，一些已經被炒得熟爛的話題（如寫實主義、現代主義、女性主義、後殖民主義等等），也一再的被重複，而對於『誰』在操縱這類話題全無警覺，難免又要增添一些『思想被殖民』的案例」（同上）。在這種研究幾乎呈現「一體化」的情況下，又如何能看到研究者有所謂「相互攻錯」或「相偕躍進」的正面成長現象？

以上是我先前所觀察的結果，至今仍未見「稍顯突破」式

的改善；以至未來的同類型研究依然「任重而道遠」。而這類研究不論是我自己來執行還是別人去從事，它都得跟創作一樣努力於找尋出路；而彼此所需要的資源，或從中國傳統汲取，或將西方傳統加以融攝改造，或自行獨立創發，則不必也無從預設止境（參見周慶華，1996b：71～92；2000a：13～16）。而只要有辦法模塑出新的類型來化解臺灣文學目前所遭遇的困境，就可以圓滿一種研究的形態而成就新的典範。因此，所謂的「未來研究的展望」，就是從各種可用的資源中提煉出造新類型的良方或一空依傍的擘劃創新類型的途徑，以為尚未找到出路的創作的憑據。這是相關研究難以逃避的宿命，也是相關研究最見榮光的擔負；所有關心臺灣文學前途的人，何妨一起來「拚搏致勝」！

參考文獻

女鯨詩社編,《詩潭顯影》,臺北:書林,1999。

巴　特,《寫作的零度——結構主義文學理論文選》(李幼蒸譯),臺北:時報,1992。

王岳川,《後現代主義文化研究》,臺北:淑馨,1993a。

王岳川等編,《後現代主義文化與美學》,北京:北京大學,1993b。

王晉民,《臺灣當代文學史》,南寧:廣西人民,1994。

王國維,《人間詞話》,臺南:大夏,1981。

王晴佳等,《後現代與歷史學:中西比較》,臺北:巨流,2000。

王潤華,《華文後殖民文學——本土多元文化的思考》,臺北:文史哲,2001。

王德威,《如何現代,怎樣文學?——十九、二〇世紀中文小說新論》,臺北:麥田,1998。

尹章義,〈什麼是臺灣文學?臺灣文學往那裡去?〉,於《臺灣文學觀察雜誌》第1期(19~24),1990。

丹菲爾德,《誰背叛了女性主義——年輕女性對舊女性主義的挑戰》(劉泗翰譯),臺北:智庫,1997。

文訊雜誌社編,《臺灣文學發展現象》,臺北:行政院文化建設委員會,1996a。

文訊雜誌社編,《臺灣文學中的社會》,臺北:行政院文化建設委員會,1996b。

文訊雜誌社主編,《臺灣現代詩史論》,臺北:文訊雜誌社,1996c。

文訊雜誌社編,《1996臺灣文學年鑑》,臺北:行政院文化建設委員會,1997。

文訊雜誌社編,《1997臺灣文學年鑑》,臺北:行政院文化建設委員會,1998。

文訊雜誌社編,《1998臺灣文學年鑑》,臺北:行政院文化建設委員

會，1999。

文訊雜誌社編，《1999臺灣文學年鑑》，臺北：行政院文化建設委員
　　　會，2000。

瓦歷斯·尤幹，《想念族人》，臺北：晨星，1995。

瓦歷斯·諾幹，《番刀出鞘》，臺北：稻香，1992。

天津人民出版社主編，《中國文學大辭典》，臺北：百川，1994。

中央大學英文系性／別研究室主編，《酷兒——理論與政治》，中壢：
　　　中央大學英文系性／別研究室，1998。

中國青年寫作協會編，《林燿德與新世代作家文學論——悼念一顆耀眼
　　　文學之星的殞落》，臺北：行政院文化建設委員會，1997。

包　曼，《立法者與詮釋者》（王乾任譯），臺北：弘智，2002。

包遵信，《批判與啟蒙》，臺北：聯經，1989。

石之瑜等，《女性主義的政治批判——誰的知識？誰的國家？》，臺
　　　北：正中，1994。

白少帆等編，《現代臺灣文學史》，瀋陽：遼寧大學，1987。

布洛克，《西方人文主義的傳統》（董樂山譯），臺北：究竟，2000。

布魯格，《西洋哲學辭典》（項退結編譯），臺北：華香園，1989。

史馬特，《後現代性》（李衣雲譯），臺北：巨流，1997。

史密士，《超越後現代心靈》（梁永安譯），臺北：立緒，2000。

弗格森編，《虛擬歷史》（楊豫譯），臺北：昭明，2002。

田雅各，《最後的獵人》，臺北：晨星，1987。

古繼堂，《臺灣小說發展史》，瀋陽：春風文藝，1989。

向　陽，《喧嘩、吟哦與嘆息——臺灣文學散論》，臺北：駱駝，1996。

向　陽，《日與月相推》，臺北：聯合文學，2001。

江自得主編，《殖民地經驗與臺灣文學——第一屆臺杏臺灣文學學術研
　　　討會論文集》，臺北：遠流，2000。

江寶釵等編，《臺灣的文學與環境》，高雄：麗文，1996。

艾坡比等，《歷史的真相》（薛絢譯），臺北：正中，1996。

艾翠斯，《迷宮中的冥想——西方靈修傳統再發現》（趙閩文譯），臺北：商周，1999。

艾斯卡皮，《歐洲青少年文學暨兒童文學》（黃雪霞譯），臺北：遠流，1989。

伊格頓，《當代文學理論導論》（聶振雄等譯），香港：旭日，1987。

吉普森，《批判理論與教育》（吳根明譯），臺北：師大書苑，1988。

仲維光，〈高行健得獎看德國的學界與媒體〉，於《當代》第160期（12～17），2000。

安德森，《後現代性的起源》（王晶譯），臺北：聯經，1999。

朱耀偉編譯，《當代西方文學批評理論》，臺北：駱駝，1992。

朱耀偉，《後東方主義——中西文化批評論述策略》，臺北：駱駝，1994。

托多洛夫，《批評的批評——教育小說》（王東亮等譯），臺北：久大等，1990。

行政院文化建設委員會編，《2000臺灣文學年鑑》，臺北：行政院文化建設委員會，2002。

李　牧，《疏離的文學》，臺北：黎明，1990。

李　喬，〈寬廣的語言大道——對臺灣語文的思考〉，於《自立晚報》副刊，1991.9.29。

李　善等，《增補六臣注文選》，臺北：華正，1979。

李永熾，《世紀末的思想與社會》，臺北：萬象，1993。

李英明，《網路社會學》，臺北：揚智，2000。

李茂政，《大眾傳播新論》，臺北：三民，1986。

李翔海，〈尋求宗教、哲學與科學精神的統一——論現代新儒學的內在向度〉，於《孔孟學報》第78期（269～288），2000。

李瑞騰，〈臺灣新世代詩人及其詩觀〉，中央大學中文系現代文學教研室等主辦「新世代詩人會談」論文，2000。

李臺芳，《女性電影理論》，臺北：揚智，1996。

亨 特，《新文化史》（江政寬譯），臺北：麥田，2002。

吳 鼎，《兒童文學研究》，臺北：遠流，1991。

吳錦發編，《原舞者——一個原住民舞團的成長紀錄》，臺中：晨星，1993。

佛馬克等，《走向後現代主義》（王寧等譯），北京：北京大學，1991。

呂正惠主編，《文學的後設思考——當代文學理論家》，臺北：正中，1991。

呂正惠，《戰後臺灣文學經驗》，臺北：新地，1992。

呂正惠，《文學經典與文化認同》，臺北：九歌，1995。

呂應鐘等，《科幻文學概論》，臺北：五南，2001。

何金蘭，《文學社會學》，臺北：桂冠，1989。

何寄澎主編，《文化、認同、社會變遷：戰後五○年臺灣文學國際學術研討會論文集》，臺北：行政院文化建設委員會，2000。

貝斯特等，《後現代理論：批判的質疑》（朱元鴻等譯），臺北：巨流，1994。

宋澤萊，《臺灣人的自我追尋》，臺北：前衛，1988。

宋澤萊，〈當前文壇診病書〉，於《臺灣新文學》第4期（278、275～276），1996。

利格拉樂・阿𡠄編，《1997原住民文化手曆》，臺北：常民，1996。

阿 英，《晚清小說史》，臺北：天宇，1988。

阿德勒，《六大觀念》（劉遐齡譯），臺北：國立編譯館，1986。

阿姆斯壯，《神的歷史》（蔡昌雄譯），臺北：立緒，1999。

阿特金斯等主編，《當代文學理論》（張雙英等譯），臺北：合森，1991。

阿皮格納內西，《後現代主義》（劉訓慶譯），臺北：立緒，1996。

阿希克洛夫特等，《逆寫帝國——後殖民文學的理論與實踐》（劉自荃譯），臺北：駱駝，1998。

孟　悅等，《本文的策略》，廣州：花城，1988。

孟　樊等編，《世紀末偏航——八〇年代臺灣文學論》，臺北：時報，1990。

孟　樊，《當代臺灣新詩理論》，臺北：揚智，1995。

孟　樊等主編，《後現代學科與理論》，臺北：生智，1997。

孟　樊，〈風起雲湧的九〇年代臺灣文壇〉，於《文訊》第182期（39），2000。

孟　樊，〈現代文學評論研究概況〉，於行政院文化建設委員會編，《2000臺灣文學年鑑》（32），臺北：行政院文化建設委員會，2002。

孟　樊，《臺灣後現代詩的理論與實際》，臺北：揚智，2003。

帕　瑪，《詮釋學》（嚴平譯），臺北：桂冠，1992。

林文寶主編，《臺灣（1945～1998）兒童文學100》，臺北：行政院文化建設委員會，2000a。

林文寶主編，《彩繪兒童又十年》，臺北：幼獅，2000b。

林文寶等，《臺灣文學》，臺北：萬卷樓，2001。

林央敏，《臺語文學運動史論》，臺北：前衛，1996。

林信華，《超國家社會學》，臺北：韋伯，2003。

林淇瀁，《書寫拼圖——臺灣文學傳播現象研究》，臺北：麥田，2001。

林瑞明，《臺灣文學的歷史考察》，臺北：允晨，1996。

林靜伶，《語藝批評——理論與實踐》，臺北：五南，2000。

林錦賢，〈愛用筆寫出咱家自的尊嚴〉，於《自立晚報》副刊，1991.11.7。

林燿德編，《浪跡都市》，臺北：業強，1990。

林燿德主編，《當代臺灣文學評論大系‧文學現象卷》，臺北：正中，1993。

邱各容，《臺灣文學史料初稿（1945～1989）》，臺北：富春，1990。

亞伯特等，《女性主義觀點的社會學》（俞智敏譯），臺北：巨流，
　　1996。

周英雄等編，《書寫臺灣——文學史、後殖民與後現代》，臺北：麥
　　田，2000。

周惠玲主編，《夢穀子，在天空之海》，臺北：幼獅，2000。

周慶華，《秩序的探索——當代文學論述的省察》，臺北：東大，
　　1994。

周慶華，《臺灣當代文學理論》，臺北：揚智，1996a。

周慶華，《文學繪圖》，臺北：東大，1996b。

周慶華，《臺灣文學與「臺灣文學」》，臺北：生智，1997a。

周慶華，《語言文化學》，臺北：生智，1997b。

周慶華，《佛學新視野》，臺北：東大，1997c。

周慶華，《兒童文學新論》，臺北：生智，1998。

周慶華，《佛教與文學的系譜》，臺北：里仁，1999a。

周慶華，《新時代的宗教》，臺北：揚智，1999b。

周慶華，《思維與寫作》，臺北：五南，1999c。

周慶華，《文苑馳走》，臺北：文史哲，2000a。

周慶華，《中國符號學》，臺北：揚智，2000b。

周慶華，《作文指導》，臺北：五南，2001a。

周慶華，《後宗教學》，臺北：五南，2001b。

周慶華，〈臺灣文學研究與研究臺灣文學——國內臺灣文學研究博碩
　　士論文小體檢〉，於《文訊》，第185期（42～43、43），
　　2001c。

周慶華，《故事學》，臺北：五南，2002a。

周慶華，《死亡學》，臺北：五南，2002b。

周慶華，《閱讀社會學》，臺北：揚智，2003。

周慶華，《文學理論》，臺北：五南，2004。

法爾布，《語言遊戲》（龔淑芳譯），臺北：遠流，1990。

岡崎郁子，《臺灣文學——異端的系譜》（葉笛等譯），臺北：前衛，1996。

東海大學中文系編，《旅遊文學研討會論文集》，臺北：文津，2000。

哈 山，《後現代的轉向》（劉象愚譯），臺北：時報，1993。

哈洛克，《麥克魯漢與虛擬世界》（楊久穎譯），臺北：貓頭鷹，2001。

柏 克，《法國史學革命：年鑑學派1929～89》（江政寬譯），臺北：麥田，1997。

柏 林，《自由四論》（陳曉林譯），臺北：聯經，1990。

柏拉圖，《柏拉圖理想國》（侯健譯），臺北：聯經，1989。

科 恩主編，《文學理論的未來》（程錫麟等譯），北京：中國社會科學，1993。

馬 茨，《論史詩》（蔡進松譯），臺北：黎明，1986。

馬 建，〈中國文學的缺失——大陸文學和海外漢語文學的處境〉，於《當代》第160期（32～41），2000。

馬 森，〈臺灣文學的地位〉，於《當代》第89期（61），1993。

馬 森，〈榮譽與幸運——諾貝爾文學獎所給予中國作家的夢魘〉，於《當代》160期（46～53），2000。

馬幼垣，《中國小說史集稿》，臺北：時報，1987。

茉 莉，〈高行健離諾貝爾理想標準有多遠〉，於《當代》第160期（18～31），2000。

紀大偉主編，《酷兒啟示錄》，臺北：元尊，1997。

南方朔，〈「全球化」時代走向「世界文學」〉，於行政院文化建設委員會編，《2000臺灣文學年鑑》（15～16），臺北：行政院文化建設委員會，2002。

洪文瓊主編，《兒童文學童話選集》，臺北：幼獅，1989。

洪文瓊，《臺灣兒童文學手冊》，臺北：傳文，1999。

洪田浚，《臺灣原住民籲天錄》，臺北：臺原，1994。

洪汎濤，《童話學》，臺北：富春，1989。

洪英聖，《臺灣先住民腳印——十族文化傳奇》，臺北：時報，1994。

洪惟仁，《臺語文學與臺語文字》，臺北：前衛，1995。

洪淑苓，〈臺灣童話作家的顛覆藝術〉，臺東師院兒文所主辦「臺灣地區（1945年以來）現代童話學術研討會」論文，1998。

范文瀾，《文心雕龍注》，臺北：明倫，1971。

柯司特，《網絡社會之崛起》（夏鑄九等譯），臺北：唐山，1998。

柯景騰，〈網路小說創作之內在動力與連載文化〉，於《當代》第192期（28），2003。

施正鋒編，《臺灣民族主義》，臺北：前衛，1994。

施正鋒主編，《從和解的自治——臺灣原住民族歷史重建》，臺北：前衛，2002。

施懿琳等，《臺灣文學百年顯影》，臺北：玉山社，2003。

胡民祥編，《臺灣文學入門文選》，臺北：前衛，1989。

韋勒克等，《文學論——文學研究方法論》（王夢鷗等譯），臺北：志文，1979。

帥崇義，〈電子書時代的來臨〉，中華民國兒童文學學會等主辦「第五屆亞洲兒童文學大會：二十一世紀的亞洲兒童文學」論文，1999。

威爾伯，《靈性復興——科學與宗教的整合道路》（龔卓君譯），臺北：張老師，2000。

格林兄弟，《初版格林童話集》（許嘉祥譯），臺北：旗品，2000。

格拉罕，《網路的哲學省思》（江淑琳譯），臺北：韋伯，2003。

徐岱，《小說敘事學》，北京：中國社會科學，1992。

奚密，《現當代詩文錄》，臺北：聯合文學，1998。

殷鼎，《理解的命運》，臺北：東大，1990。

孫大川，《久久酒一次》，臺北：張老師，1991。

孫大川，《山海世界——臺灣原住民心靈世界的摹寫》，臺北：聯合文

學，2000。

孫大川主編，《臺灣原住民族漢語文學選集・評論卷》，臺北：印刻，
　　　2003。

孫治本，〈虛擬空間中的低虛擬性——輕、清、淡的網路文學〉，於
　　　《當代》第192期（38），2003。

高辛勇，《形名學與敘事理論——結構主義的小說分析法》，臺北：聯
　　　經，1987。

唐君毅，《中國文化之精神價值》，臺北：正中，1989。

唐翼明，〈看「二〇世紀中文小說一百強排行榜」有感〉，於《文訊》
　　　第170期（53），1999。

浦忠成，《原住民的神話與文學》，臺北：臺原，1999。

袁瓊瓊編，《九十一年小說選》，臺北：九歌，2003。

原權會編，《原住民——被壓迫者的吶喊》，臺北：原權會，1987。

埃斯卡皮，《文學社會學》（葉淑燕譯），臺北：遠流，1990。

海斯翠普編，《他者的歷史——社會人類與歷史製作》（賈士蘅譯），
　　　臺北：麥田，1998。

夏曼・藍波安，《冷海情深》，臺北：聯合文學，1997。

莫　伊，《性別／文本政治——女性主義文學理論》（陳潔詩譯），臺
　　　北：駱駝，1995。

莫那能，《美麗的稻穗》，臺中：晨星，1989。

莫洛亞，《傳記面面觀》（陳蒼多譯），臺北：商務，1986。

康　納，《後現代文化導論》（唐維敏譯），臺北：五南，1999。

曼　德，《網路大衰退》（曾郁惠譯），臺北：聯經，2001。

曼紐什，《懷疑論美學》（古城里譯），臺北：商鼎，1992。

張子樟主編，《俄羅斯鼠尾草——名家的少年小說1976～1997》，臺
　　　北：幼獅，1998。

張水金，〈網路出版與兒童文學創作〉，中華民國兒童文學學會等主辦
　　　「第五屆亞洲兒童文學大會：二十一世紀的亞洲兒童文學」論

文，1999。

張汝倫，《意義的探究——當代西方釋義學》，臺北：谷風，1988。

張良澤，《臺灣文學、語文論集》（廖為智譯），彰化：彰化縣立文化中心，1996。

張京媛編，《新歷史主義與文學批評》，北京：北京大學，1993。

張京媛編，《後殖民理論與文化認同》，臺北：麥田，1995。

張首映主編，《西方二〇世紀文論選》，北京：中國社會科學，1989。

張茂桂等，《族群關係與國家認同》，臺北：業強，1994。

張家銘，《社會學理論的歷史反思——韋伯、布勞岱與米德》，臺北：圓神，1987。

張國治，〈跨向1990年——觀測詩壇新生代趨勢現象的沉思〉，於《新陸現代詩誌》第6期（45），1989。

張國治，〈從文化生態看臺灣現代詩的發展〉，於《新陸現代詩誌》第7期（114），1990。

張嘉驊，《怪物童話》，臺北：民生報社，1996。

張嘉驊，〈九〇年代臺灣童話的語言遊戲〉，臺東師院兒文所主辦「臺灣地區（1945以來）現代童話學術研討會」論文，1998。

陳少廷，《臺灣新文學運動簡史》，臺北：聯經，1981。

陳正治，《童話寫作研究》，臺北：五南，1990。

陳玉玲，《臺灣文學讀本》，臺北：玉山社，2000。

陳世驤，《陳世驤文存》，臺北：志文，1972。

陳芳明，《危樓夜讀》，臺北：聯合文學，1996。

陳芳明，《左翼臺灣——殖民地文學運動史論》，臺北：麥田，1998。

陳宛茜，〈杜十三在e書房藏書寫詩〉，於《聯合報》第A12版，2003.8.11。

陳東榮等主編，《典律與文學教學》，臺北：中華民國比較文學學會等，1995。

陳明臺，《臺灣文學研究論集》，臺北：文史哲，1997。

陳映真，〈文學的世界已經變了──談新世代文學〉，於《聯合報》副刊，2000.4.10。

陳國球等編，《書寫文學的過去──文學史的思考》，臺北：麥田，1997。

陳義芝主編，《臺灣現代小說史綜論》，臺北：聯經，1998。

陳鵬翔等編，《從影響研究到中國文學》，臺北：書林，1992。

陳麗芬，《現代文學與文化想像──從臺灣到香港》，臺北：書林，2000。

尉天驄編，《鄉土文學討論集》，臺北：遠景，1978。

勒比格，《危機管理》（于鳳娟譯），臺北：五南，2001。

勒高夫等，《法國當代新史學》（姚蒙等譯），臺北：遠流，1993。

許俊雅，《臺灣文學散論》，臺北：文史哲，1994。

梅家玲，《漢魏六朝文學新論（擬代贈答篇）》，臺北：里仁，1997。

陶東風，《後殖民主義》，臺北：揚智，2000。

郭育新等，《文藝學導論》，臺北：中國文化大學，1991。

郭紹虞，《中國文學批評史》，臺北：文史哲，1982a。

郭紹虞等主編，《中國近代文學論著精選》，臺北：華正，1982b。

麥克唐納，《言說的理論》（陳墇津譯），臺北：遠流，1990。

黃　凡等編，《新世代小說大系》，臺北：希代，1989。

黃少華等，《重塑自我網路空間的人際交往》，嘉義：南華大學社會學研究所，2002。

黃重添等，《臺灣新文學概觀》，廈門：鷺江，1991。

黃國昌，《中國意識與臺灣意識》，臺北：五南，1995。

黃瑞琪主編，《後學新論：後現代／後結構／後殖民》，臺北：左岸，2003。

黃鈴華編，《21世紀臺灣原住民文學》，臺北：臺灣原住民文教基金會，1999。

渥　厄，《後設小說──自我意識小說的理論與實踐》（錢競等譯），臺

北：駱駝，1995。

傅　柯，《知識的考掘》（王德威譯），臺北：麥田，1993。

傅大為，《知識與權力的空間——對文化、學術、教育的基進反省》，
　　　臺北：桂冠，1991。

瘂　弦主編，《如何測量水溝的寬度》，臺北：聯合文學，1992。

寒　哲，《西方思想抒寫》（胡亞非譯），臺北：立緒，2001。

喬　登，《網際權力——網際空間與網際網路的文化與政治》（江靜之
　　　譯），臺北：韋伯，2001。

湯　森，《英語兒童文學史綱》（謝瑤玲譯），臺北：天衛，2003。

湯林森，《文化全球化》（鄭棨元等譯），臺北：韋伯，2003。

須文蔚，《臺灣數位文學論》，臺北：二魚，2003a。

須文蔚，〈雅俗競逐契機的網路文學環境——簡論網路文學的產銷與傳
　　　播形態〉，於《當代》第192期（10、11、22），2003b。

凱許登，《巫婆一定得死——童話如何形塑我們的性格》（李淑珺
　　　譯），臺北：張老師，2001。

彭瑞金，〈臺灣文學應以本土化為首要課題〉，於《文學界》第2期
　　　（3），1982。

彭瑞金，《臺灣新文學運動四〇年》，臺北：自立晚報社，1991a。

彭瑞金，〈請勿點燃語言炸彈〉，於《自立晚報》副刊，1991b.10.7。

彭瑞金，《臺灣文學探索》，臺北：前衛，1995。

路　況，《虛無主義書簡——歷史終結的遊牧思考》，臺北：唐山，
　　　1993。

楊　照，《文學、社會與歷史想像——戰後文學史散論》，臺北：聯合文
　　　學，1995。

楊　豫，《西洋史學史》，臺北：雲龍，1998。

雷夫金，《能趨疲：新世界觀——二十一世紀人類文明的新曙光》（蔡
　　　伸章譯），臺北：志文，1988。

雷席格，《網路自由與法律》（劉靜怡譯），臺北：商周，2002。

葉石濤,《臺灣文學史綱》,高雄:文學界雜誌社,1987。

葉石濤,《走向臺灣文學》,臺北:自立晚報社,1990。

葉石濤編譯,《臺灣文學集1——日文作品選集》,高雄:春暉,1996。

葉詠琍,《西洋兒童文學史》,臺北:東大,1982。

葉維廉,《秩序的生長》,臺北:志文,1971。

詹京斯,《歷史的再思考》(賈士蘅譯),臺北:麥田,1996。

董恕明,《邊緣主體的建構——臺灣當代原住民文學研究》,東海大學中國文學研究所博士論文,2003。

鄒景平等,《多媒體》,臺北:大塊,1998。

維　登,《女性主義實踐與後結構主義理論》(白曉虹譯),臺北:桂冠,1994。

維希留,《消失的美學》(楊凱麟譯),臺北:揚智,2001。

維根斯坦,《哲學探討》(范光棣等譯),臺北:水牛,1990。

趙天儀,〈臺灣文學研究的方向〉,於《文學臺灣》第36期(22～35),2000。

趙如琳,《戲劇藝術之發展及其原理》,臺北:東大,1991。

翟本瑞,《連線文化》,嘉義:南華大學社會學研究所,2002。

廖卓成,《童話析論》,臺北:大安,2002。

廖咸浩,《愛與解構——當代臺灣文學評論與文化觀察》,臺北:聯合文學,1995。

廖炳惠,《解構批評論集》,臺北:東大,1985。

廖炳惠,《形式與意識形態》,臺北:聯經,1990。

廖朝陽,〈典律與自主性:從公共空間的觀點看「文學公器與文學詮釋」〉,於《中外文學》第23卷第2期(85～86),1994。

臺東師院兒文所編,《臺灣‧兒童‧文學》,臺東:臺東師院兒文所,1999。

臺灣文學研究會主編,《先人之血、土地之花——臺灣文學研究論文精選集》,臺北:前衛,1989。

輔英技術學院人文教育中心編，《醫護文學學術研討會論文集》，高
　　　雄：春暉，2001。

魯　迅，《中國小說史略》，北京：東方，1996。

滕守堯，《對話理論》，臺北：揚智，1995。

鄭良偉編，《林宗源臺語詩選》，臺北：自立晚報社，1988。

鄭明娳主編，《當代臺灣文學評論大系‧小說批評卷》，臺北：正中，
　　　1993。

鄭明娳主編，《當代臺灣政治文學論》，臺北：時報，1994a。

鄭明娳主編，《當代臺灣女性文學論》，臺北：時報，1994b。

鄭明萱，《多向文本》，臺北：揚智，1997。

鄭樹森，《從現代到當代》，臺北：三民，1994。

鄭慧如，〈隱藏與揭露——論臺灣新詩在文化認同中的世代屬性〉，中
　　　央大學中文系現代文學教研室等主辦「新世代詩人會談」論
　　　文，2000。

蔣原倫等，《歷史描述與邏輯演繹——文學批評文體論》，昆明：雲南
　　　人民，1994。

劉軍寧，《權力現象》，臺北：商務，1992。

劉登翰等編，《臺灣文學史》，福州：海峽文藝，1991。

蔡源煌，《從浪漫主義到後現代主義》，臺北：雅典，1988。

蔡源煌，《當代文化理論與實踐》，臺北：雅典，1991。

盧建榮，《分裂的國族認同：1975～1997》，臺北：麥田，1999。

賴祥雲譯著，《芥川龍之介的世界》，臺北：智文，1995。

鮑家豪主編，《網路與當代社會文化》，上海：上海三聯，2001。

錢善行主編，《文藝學與新歷史主義》，北京：社會科學文獻，1993。

韓　愈，《韓昌黎文集》，臺北：漢京，1983。

鴻　鴻，《黑暗中的音樂》，臺北：曼陀羅創意工作室，1990。

謝世忠，《認同的污名——臺灣原住民的族群變遷》，臺北：自立晚報
　　　社，1987。

簡宗梧，《賦與駢文》，臺北：臺灣書店，1998。

簡政珍等主編，《臺灣新世代詩人大系》，臺北：書林，1990。

鍾明德，《在後現代主義的雜音中》，臺北：書林，1989。

鍾明德，《從寫實主義到後現代主義》，臺北：書林，1995。

鍾彩鈞主編，《中國文哲研究的回顧與展望論文集》，臺北：中央研究院中國文哲研究所籌備處，1992。

顏元叔，〈一切從反西方開始——為「中外文學」二〇週年而寫〉，於《中外文學》第21卷第1期（8），1992。

薩伊德，《東方主義》（王志弘等譯），臺北：立緒，1999。

魏特罕，《空間地圖——從但丁的空間到網路的空間》（薛絢譯），臺北：商務，2000。

羅宗濤等，《臺灣當代文學研究之探討：1988～1996》，臺北：萬卷樓，1999。

蘭特利奇等編，《文學批評術語》（張京媛等譯），香港：牛津大學，1994。

麗依京·尤瑪，《傳承——走出控訴》，臺北：原住民史料研究社，1996。

顧燕翎主編，《女性主義理論與流派》，臺北：女書，1996。

龔鵬程，《詩史本色與妙悟》，臺北：學生，1986。

龔鵬程，《文化、文學與美學》，臺北：時報，1988。

龔鵬程，《文學批評的視野》，臺北：大安，1990。

龔鵬程，《文化符號學》，臺北：學生，1992。

龔鵬程，《臺灣文學在臺灣》，臺北：駱駝，1997。

國家圖書館出版品預行編目

後臺灣文學 / 周慶華著. -- 一版.
臺北市 : 秀威資訊科技, 2004[民 93]
面 ；　　公分. --　參考書目 : 193-207 面
ISBN 978-986-7614-15-5(平裝)

1. 臺灣文學

820   93001055

 語言文學類　AG0012

後台灣文學

作　　者 / 周慶華
發 行 人 / 宋政坤
執行編輯 / 林秉慧
圖文排版 / 張家禎
封面設計 / 黃偉志
數位轉譯 / 徐真玉　沈裕閔
圖書銷售 / 林怡君
網路服務 / 徐國晉
出版印製 / 秀威資訊科技股份有限公司
　　　　　台北市內湖區瑞光路 583 巷 25 號 1 樓
　　　　　電話：02-2657-9211　　　傳真：02-2657-9106
　　　　　E-mail：service@showwe.com.tw
經 銷 商 / 紅螞蟻圖書有限公司
　　　　　台北市內湖區舊宗路二段 121 巷 28、32 號 4 樓
　　　　　電話：02-2795-3656　　　傳真：02-2795-4100
　　　　　http://www.e-redant.com

2006 年 7 月 BOD 再刷
定價：250 元

讀 者 回 函 卡

感謝您購買本書，為提升服務品質，煩請填寫以下問卷，收到您的寶貴意見後，我們會仔細收藏記錄並回贈紀念品，謝謝！

1. 您購買的書名：_____

2. 您從何得知本書的消息？

　□網路書店　□部落格　□資料庫搜尋　□書訊　□電子報　□書店

　□平面媒體　□ 朋友推薦　□網站推薦 □其他_____

3. 您對本書的評價：(請填代號　1.非常滿意 2.滿意 3.尚可 4.再改進)

　封面設計____　版面編排____　內容____　文/譯筆____　價格____

4. 讀完書後您覺得：

　□很有收獲　□有收獲　□收獲不多　□沒收獲

5. 您會推薦本書給朋友嗎？

　□會　□不會，為什麼？_____

6. 其他寶貴的意見：_____

_____

_____

_____

讀者基本資料

姓名：_____　年齡：_____　性別：□女 □男

聯絡電話：_____　E-mail：_____

地址：_____

學歷：□高中(含)以下　　□高中　　□專科學校　　□大學

　　　□研究所(含)以上 □其他_____

職業：□製造業 □金融業 □資訊業 □軍警 □傳播業 □自由業

　　　□服務業 □公務員 □教職　 □學生 □其他_____

秀威與 BOD

BOD（Books On Demand）是數位出版的大趨勢，秀威資訊率先運用 POD 數位印刷設備來生產書籍，並提供作者全程數位出版服務，致使書籍產銷零庫存，知識傳承不絕版，目前已開闢以下書系：

一、BOD 學術著作—專業論述的閱讀延伸
二、BOD 個人著作—分享生命的心路歷程
三、BOD 旅遊著作—個人深度旅遊文學創作
四、BOD 大陸學者—大陸專業學者學術出版
五、POD 獨家經銷—數位產製的代發行書籍

BOD 秀威網路書店：www.showwe.com.tw
政府出版品網路書店：www.govbooks.com.tw

永不絕版的故事·自己寫·永不休止的音符·自己唱